【茅盾珍档手迹】

日记 1964年

◇茅盾著

桐乡市档案局(馆)编

浙江大学出版社
ZHEJIANG UNIVERSITY PRESS

前言

茅盾（一八九六——一九八一），本名沈德鸿，字雁冰，浙江桐乡乌镇人。他是我国二十世纪文学史上的著名小说家、批评家，其创作以史诗性的气魄著称，代表作包括长篇小说《子夜》、短篇小说《林家铺子》等。新中国成立后，他担任中央人民政府文化部长职务，主编《人民文学》杂志，当选为历届全国人民代表大会代表、历届政协全国委员会常务委员和第四、五届全国委员会副主席。在茅盾逝世追悼会上，中共中央的悼词称茅盾『是在国内外享有崇高声望的革命作家、文化活动家和社会活动家。他同鲁迅、郭沫若一起，为我国革命文艺和文化运动奠定了基础』。正由于茅盾具有这样的历史成就和历史地位，有关他的档案资料也就成了我们国家一份极其珍贵的文化遗产。

近年来，我们桐乡市档案局（馆）在征集名人档案的过程中，走访了茅盾之子韦韬先生。韦韬先生认为，把家中尚有的茅盾档案资料全部保存到家乡的档案馆，一是放心，二是可以让更多的人到档案馆进行查阅和利用。因此，在经过全面整理后，他向桐乡市档案馆无偿捐赠了茅盾的档案资料。这些档案资料中，有茅盾小说、诗词、回忆录、文艺评论的创作手稿以及笔记、杂抄、古诗文注释、书信、日记、译稿等原件，还有茅盾的原始讲话录音、照片等。

档案是人类认识世界和改造世界的历史记录。借助档案，人们可以了解过去，把握现在，预见未来。我们认识到，利用好这批珍贵的茅盾档案资料，让它通过各种形式为社会服务，对促进茅盾生平、思想及其作品的研究，促进我国革命文艺和文化运动的研究，对陶冶人们的高尚情操，促进社会主义和谐文化建设，都具有十分重要的意义。同时，茅盾的作品手稿，有钢笔字、毛笔字、铅笔字，字体隽秀、飘逸，笔力苍劲、潇洒，如同一幅幅精美的书法，是不可多得的艺术珍品。为此，我们桐乡市档案局（馆）在征得韦韬先生同意后，决定精心选择部分茅盾档案资料，陆续编辑出版『茅盾珍档手迹』系列丛书。

本册收录了茅盾一九六四年的日记手稿。

编辑出版茅盾的档案资料，是我们桐乡市档案局（馆）开展档案编研工作，利用档案为现实服务的新的尝试。这项工作，得到了韦韬先生、中共桐乡市委、桐乡市人民政府和浙江大学出版社的大力支持，我们在此表示衷心的感谢！

桐乡市档案局（馆）

二〇一一年六月八日

目录

一九五四年一月一日，晴，大风零度、〇下九度。

今晨三时醒，服药一粒，六时许又醒，六时半起身，做清洁工作及家务劳动一小时。上午阅报、书刊。中午小睡一小时。下午仍阅书刊。今日为元旦，部中在上午九时半有联欢茶会，邀各协负责人，及在京外地表演团体，除茶点外，并放映电影，余於九时半到场，致新年祝词，看了科教片有带刺的

媒人（蜜蜂）及姪儿等后即
归家。晚阅电视至九时，服药
二枚，於十时许入睡。
一月二日，晴，大风，四度～〇
下十度。
今晨二时即醒，小便后半小
时仍未能入睡，乃加服S二枚，
又半小时入睡，六时又醒，后又
睡至七时为闹钟惊醒，
起身后做清洁作毒无倒。
上午阅陆文夫小说，处理杂公
事，阅报，参资。中午小睡

一小时。下午阅陆文夫小说，六时赴古巴大使馆，古巴解放五周年招待会。七时半返家。晚阅电视一小时许，十时服安二枚，阅书至十一时入睡。

一月三日，晴，三级风，四度、○下八度。

今晨三时、五时各醒一次，加服川一枚，七时又醒，即起身。做清洁房间，上午九时，夏、徐来谈一小时。处理杂公事，阅报、参资。中午小睡一小时。下午三时赴怀仁堂出席文艺座谈会，到三十余人。六时许散会。晚阅电视到十时，转播沪剧芦荡火种，服药如例，又阅书到十一时半入睡。

一月四日，晴，多云，小风，○度、○下九度。午后下雪，入晚未止。

今晨七时起，夜间醒两次，加服的一枚，先是前昨两日，做清洁工作如例。上午处理杂事，阅报、参资。中午小睡一小时。

下午阅陆文夫小说写作札记。晚

六时赴北京飯店出席緬甸大使之緬國庆招待會，七时半返家，閱電視一小时，又閱书到十时，服藥二枚如例，於十一时许入睡。

一月五日，晴，大风，○度，○下九度，今日為星期。

今晨仍於三时醒一次，加服一枚，六时许又醒，未能再睡，於六时卅分起身，做清洁工作等如例，上午閱陸文夫小說，并作札記，閱报，參資。中午

睡一小時。下午處理信件。晚
閱電視至十時，服藥二枚如例，
十一時半入睡。
一月廿八日，晴，小風，二度、
○下十度。
今晨三時、五時各醒一次，加服
M一枚，八時半又醒，即起身。
做清潔工作等如例。上午處
理雜務事，閱報，參資。中午小
睡一小時。下午三時赴中宣部召
開之文藝座談會，蓋繼上週
懷仁堂之會也。六時返家，甚

倦。晚阅刘禹锡年谱至十时，服药二枚如例，又阅至十一时许入睡。

一月七日，阴，预报有小雪，然而没有。小风。○下一度、○下八度。

今晨仍然三时、五时各醒一次，加服川一枚，五时半又醒，即起身，做读诗工作等如例。上午处理杂务事。阅报，夫人读。阅读文艺小说。中午小睡一小时。下午处理杂务事。晚阅成、廖改编电影文学剧本鼻涕滚滚。十时服药二枚，十二时始入睡。

夜间醒、咳、二次、

○下十二度。

今晨仍然三时、五时各醒一次，加服川一枚，六时半又醒即起身。做清洁工作等如例。上午处理杂事，阅报，参资。中午十二时睡一小时。下午阅陆文夫小说，处理杂事。晚阅电视至九时半，服药二枚如例，又阅书至十一时入睡。

一月九日，晴，三级风，三度、〇下八度。

今晨仍于三时、五时各醒一次，加服药一枚，六时许又醒，六时半起身。做清洁工作等如例。上午处理杂事。阅报，参资。中午少睡一小时。下午处理杂事。阅陆文夫小说。晚步至民族宫看内蒙歌舞团表演现代题材之二人转、二人台，其中有一部居然写为四幕歌剧。十时事返家。服藥二枚，又閱书刊至十一时半入睡。

一月十七日 陰，傍晚有雪，又夜雪止，四寸许。七时，〇下一度，〇下六度。

今晨三时、五时各醒一次，加服药一枚，七时半又醒，即起身，做清洁工作等如例。上午處理雜公事。閱报，参消。中午小睡一小时。下午閱陸文夫小说，處理雜公事。晚閱電视至九时，服藥二枚，如例，又閱书至十一时许入睡。

一月十二日，阴有雪，约一小时即止。小风，〇下一度、〇下六度。

今晨三时、五时各醒一次，加服Ⅱ一枚，六时半又醒，即起身，做清洁工作等如例。上午处理杂事，阅报、参消。中午小睡一小时。下午处理杂事，阅读文史小说。晚阅电视至九时半，服药二枚，又阅书至十一时半入睡。

一月十三日，晴，小风，

四度、○下八度。

今晨三时左右醒一次，加服M一枚，六时半又醒，即起身，读唐诗，作书一小时。上午阅报参消，中午小睡一小时。下午阅书刊。晚阅电视至九时，服药二枚后卧，又阅书至十二时半入睡。

一月十三日，晴，四级风，四度、〇下七度。

今晨仍然三时、五时各醒一次，加服M一粒，六时许又醒，即起身，做清洁工作等各例。上午处理杂事，阅报，参资。中午小睡一小时，下午处理杂事。三时赴人大出席首都各界人民支援巴拿馬人民大會，五時半返家。晚七時在本部大廳看電影，十時許返家，服藥二枚，十二時許入睡。

一月廿四日，晴，大風，昨今晨二時、四時各醒一次，加服一枚，五時又醒，旋又入睡，七時為鬧鐘叫醒，即起身，做清潔工作等如例。上午為人作書四幅，處理雜公事，閱報，參資。中午小睡一小时。下午阅夜莺部队完。
（此书大多在临睡时倚枕读）。
晚七时赴人大小礼堂看豫
剧三团演出朝阳沟。十时
半返家，服药二枚，即倒。又
阅杂件至十二时许入睡。

一月十五日，阴，预报有雪，
然而竟无。小风，一度，〇下五度。
今晨仍然二时、五时各醒一
次，六时半又醒，即起身。上午
处理杂公事，阅报，参资。

中午小睡一小时，午后三时接见

中国大使黑机，四时辞去。阅

蛮荒曲，晚阅电视至九时，服

药二枚，又阅蛮荒曲至十一时

入睡。

一月十六日，晴，三级风，三

度，0下九度。

今晨仍然三时，五时各醒一

次，加服门一枚，六时半又醒，即

起身，做清洁摩擦例一

小时。上午处理杂公事，阅

报参资，中午小睡一小时，下午三时接见新任肯尼亚大使。三时三刻辞去。阅《望荒曲》。晚阅电影（在本部礼堂）至九时末，归家后服药二枚，如例，又阅书（望荒曲）至十一时许入睡。

一月十七日，晴，罡风，三度，零下十度。

今晨仍然三时、五时各醒一次，加服门一枚，七时为闹钟晨醒。做清晨工作，筆記例。上午處理雜事，閱報，參酒。中午小睡一小時。下午二時赴新影出席優秀新聞紀錄片授獎儀式，至五時赴越南使館為中越建交十四周年及中越文化協定簽訂五周年之招待會。七時許返家，閱電[illegible]視至九時半，閱醒荒曲至十時，服藥二枚如例。又閱至翌晨二時，加服紅色丸一枚，始於十多分后入睡。

一月十八日，晴，微风，有时五级，北向。三度、○下八度。侵晨五时即醒，不复再酣睡，辗转至六时，倚枕阅书，至八时三刻起身。做清洁作等多例。上午处理杂七事、阅报、参消。中午小睡一小时。下午阅盤荒曲完、（此书上下两册，共八十万言）。晚阅电视至十时，又阅服药二枚如例，又阅书至十一时许入睡。

一月十九日，晴，二、三级南风，五度、〇下六度。

今晨三时、五时各醒一次，六时许又醒，六时半起身，做清洁工作一小时。上午阅报、参资。中午小睡一小时。下午理发。阅书刊。晚阅电视至九时许，又阅书至十时，服药二枚如例，于十一时许入睡。

一月二十日，晴，三四级风。

三十度、○下十度。

今晨三时、五时各醒一次，六时又醒，六时半起身。做清洁工作一小时余，例：上午处理杂公事，阅报，参资。中午小睡一小时。下午阅书刊。晚七时至文联看豫剧社长的女儿：演员颇卖力，剧本亦佳，惜故事情节似袭千万不能忘记与年青的代耳。（指其主要关目）。归家后又阅书，服药二枚后倒，至十二时入睡。

一月二十六日，阴，午后晴，二三级风，二度，〇下八度。

今晨四时、六时各醒一次，九时半起身，做清洁工作等一小时又倒，上午处理杂事，阅报，参消。中午小睡一小时。下午阅书刊，处理杂事。晚阅电视至十时，服药，又阅书至十二时入睡。

一月二十七日，先阴后晴。二、

夜北风，〇度，〇下十度。

今晨四时醒一次，六时又醒，不能再睡，六时半起身，做清洁作息如例。上午处理辦公事，阅报，参资。中午小睡一小时，下午阅陆文夫小说，至此共阅陆作品（小说）二十篇，最近之作為發表於「雨花」之「棋高一着」，去年四月號）。作札记数万字，凡此皆為寫序文氣极之清，写一篇论文也。但近来精神不佳，不能即时动手写此一论文也。

尚有评论陆之文章数篇，也
阅一读。晚阅电视至十时，服
药二枚如例，又阅书至十二时
许入睡。

一月二十三日，晴，小雨，三度
〇下八度。

今晨仍于三、五时各醒一次，
加服门一枚，六时许又醒，六时
半起身，做清洁作等一小
时如例。上午处理杂事，阅
报、来信，中午小睡一小时。
下午处理杂事，阅书刊。

晚閱電視至九時，閱書至十一時，
服藥二枚如例，十二時許入睡。
一月二十四日，晴，三、四級風，
六度、〇下九度。
今晨仍然三、五時各醒一次，
六時又醒，即起身，做清潔工
作一小時如例。上午十時赴人
大列席八屆常委擴大會議
聽代總理作關於中法建交
之報告，十一時半返家。中午小
睡一小時，下午閱報，參資，晚
閱電視一小時，又閱書刊至十

时，服药二枚如例，十一时许入睡。

一月二十五日，晴，三级风，六度，〇下九度。

今晨四时许醒来，加服川一枚，五时半又醒，此后迄未酣熟睡，挨至六时半起身，做清洁工作等一小时。上午处理杂务事，阅报，参资。中午小睡一小时。下午处理杂务事，阅书刊。晚阅电视至九时许，服药二枚如例，又阅书至十一时许入睡。

一月二十五日，晴，三级风，三度、○下八度。今日为星期、

今晨仍然三时、五时各醒一次，六时许再醒，七时半起身，做清洁工作一小时如例。上午阅报、参资。中午小睡一小时。

下午阅长城烟尘「柳杞」完。此为战争小说，以抗日战争初期太行山根据地之「国剧」与友「国剧」为背景。此书笔墨庸俗，文字拖沓，人物概念化，

下品也，晚阅電视至九时，服
藥二枚如例，又阅书至十时半
入睡。
一月二十七日，朝雾甚濃，
向晴，如昨。
今晨一时即醒，旋服門一枚，
三时、五时各醒一次，六时半再
醒即起身，做清洁工作等小
时如例。上午處理雜公事。阅
报、参資。中午小睡一小时。
下午處理雜务事，阅火種（史
刚三）。晚阅书刊及火種至十时

服药二枚，十一时许入睡。

一月二十八日，先阴后晴，夜风，三度，○下七度。

昨入睡后屡屡醒，约四时醒一次，六时半起身，做清洁工作如例，上午处理杂事，阅报，参资，中午小睡一小时，下午处理杂公事，阅大稿，晚阅电视至九时许，复阅大稿，至十时许服药二枚，又阅书至十一时许入睡。

一月二十九日，晴，如昨。

今晨三时五时各醒一次，加

服川一枚，二时许又醒即起
身，做清洁卫生一小时多
例。上午處理雜事，阅报，
参资。中午小睡一小时。下午
阅火種完。此书共约二十万字。
晚赴人大小礼堂看沪剧《芦
塘火種》。虚拟新四军抗日故事，
十时返家，服药二枚如例，
於十二时许入睡。
一月廿日，晴，二、三级风
○度，○下十度。

今晨仍然三时、五时各醒一次，六时许起身，做清洁工作寿一小时如例。上午处理杂公事，阅报，参资，中午小睡一小时，下午阅书刊，晚阅电视一小时，又阅书至十时，服药二枚如例，于十一时许入睡。

一月卅日，晴，四、五级大风，○下三度，○下十三度。

今晨三时、五时各醒一次，加服门一枚，六时半又醒，早起身，做清洁作壽一小时，如厕，上午处理杂事，阅报，参资。中午小睡一小时，下午為人作书，词曰：数度芳菲鶗鴂，一番风雨仓庚。斜阳腐草起流萤。牛鬼蛇神，弄巢。可笑沐猴而冠，剧怜指鹿盈廷。五洲势大正奔腾。齐唱东风更劲。（西江月）。又阅书刊，晚阅电影到九时，服药二枚，又阅书到十二时许入睡。

一九六四年二月一日，晴，三四级风，○下二度，○下十二度。

今晨三时、五时各醒一次，加服川一枚，六时许又醒，即起身，做清洁工作等一小时。上午处理杂务事，阅报、参资。中午小睡一小时，下午阅书刊，处理杂小事。晚阅電视至十时，加服药二枚，又阅书至十二时许入睡。

二月二日，晴，三、四级北风，○下三度，○下十二度。

今晨仍然醒两次，加服川一

枚，六时许又醒，即起身，做唐
诗库作者名例。上午阅报，十一时
全家赴北海公园仿膳便饭，
因今日为小宁生日也。一时半返
家。小睡半小时。下午阅参资。
是日为星期。晚阅电视至九
时许，服药二枚，如例。又阅书
至十时许入睡。

二月三日，晴，小风，二度、〇下
十度。

今晨三时醒后，加服门一枚，久

久始再入睡。（下午七时多），㊆九时半又醒，即起身，做清洁工作等一小时多，例。八时许赴北京医院，（中医诊肠胃病，眼医验眼压等），十时许始返家。阅报，参资。中午小睡一小时许。下午处理杂事。晚阅书至九时，又听广播红旗及人民日报编辑七评苏共公开信至十时，服药二枚，於十一时许入睡。

二月四日，阴后晴，大风，○下

六度，○下九度。

今晨四时许醒来，加服门一枚，久久始复入睡，六时又醒，倦甚，然照例不起身，做清洁工作等一小时余，例。上午处理杂公事，阅报，参资，中午小睡一小时，下午处理杂公事，阅书刊，晚六时赴新锡兰国庆招待会，七时半返家，阅电视至九时，服药二枚如例，又阅书至十一时许入睡。

六日 晋，阴，间晴，二、三度

偏东风，〇下三度，〇下十三度。預告明晚、今天白天均有雪，然而竟无。

今晨三时醒后加服川一枚，迄后至六时半又醒一次，睡不酣。六时半起身，做清洁工作半小时之例。上午處理雜事，閱报参消。中午小睡一小时。下午閱书刊，處理雜事。晚閱電視至九时半，又閱书至十时半服藥二枚，十一时许入睡。

二月六日，晴，昨夜有雪，预报今天有雪，然而没有。四、五级东风，○下四度，○下十二度。

今晨五时醒来，未能再附睡，六时许起身，做清洁工作等一七时如例。上午处理杂事，阅报、参资。中午小睡一小时，下午写「大种」读后感，晚阅电视至九时，服药二枚，又阅书至十时许入睡。

二月七日，阴，二、三级东北风，0度，○下六度。

今晨四时许醒后，又睡至五时半，但不酣。五时半起身，做清洁工作等一小时如例。上午处理韩书来，阅报、参资。中午小睡一小时，下午写大种读后感。晚阅电视至九时，服药二枚，又阅书至十时半入睡。

前日、昨日、昨夜有雪，今日上午时大时小，至十二时许雪止。六、三级东南风，○下二度，○下七度。

今晨二时、四时、各醒一次，

六时许又醒，六时半起身。做清洁工作一小时如例。八时半部务会议，十二时散会。中午小睡一小时。下午阅报、参资。六时二十分赴新侨饭店招待外國作家在京者，十六國，三十余人、春节联欢会。九时许返家，阅书至十时，服药二枚如例，十一时许入睡。

二月九日，阴后晴，三级风，〇度、〇下八度。今日为星期。

今晨三时、五时各醒一次，加服川一枚，六时半又醒，即起身。做清洁工作等一小时如例。上午阅报、参资。读写大楷，读欧感一小时。中午小睡一小时。下午处理杂事。读写读欧感一小时。晚阅电阅至九时，服药二枚如例，又阅书至十一时许入睡。

六月十一日，晴，多云，大风，○度，○下十二度。

今晨六时半起身前醒过两次。做清洁工作一小时如例。上午處理雜小事，讀寫大種，讀日記一小时。阅报、参資。中午小睡一小时。下午理髮，處理雜小事。晚阅书至九时，服藥二枚，又阅书至十时半入睡。

二月十一日，晴，四、五级西北风，○下四度，○下十四度。

今晨六时半起身前醒过两次，加服川一枚。做清洁工作一小时如例。上午阅报、参資。

處理雜事。中午小睡一小時。下午續寫大種讀書記，三時至五時，晚閱電視至九時，又閱書至十時，服藥二粒，又閱書至十一時許入睡。

二月十二日，今日為舊曆除夕（一月廿九日）。晴，風漸小，○度，○下十度。

今晨四時許醒來，加服藥八粒。六時許又醒，即起身，做清潔工作養一小時。上午處理雜事，閱報、參考資料。十一時至李先念、陸定一兩副總理在人大宴請華东话剧會演來京表演之劇團全体人员，奉命作陪。二时许返家。少睡半小时。處理雜事。晚，全家到人大之聯欢會，九时许返家，服藥二枚如例，又阅书至十时许入睡。

二月十三日，晴，二、三级风，〇度，〇下十三度。

今晨四时许醒来，又小睡，五时半起身，做唐诗工作等一小时如例。上午會客，阅报。中午少睡一小时。下午二时出席文

化部、中國文聯、市文化局、市文
聯四單位聯合舉办之文藝界
春节聯欢會，有餘興。我去會
上講了半小时的话。五时许散。
晚阅電視至八时许，又阅书至
十时服藥二枚，又阅书，直至十二
时许入睡。

二月十三日，阴有小雪。二、
三級风，○下四度、○下十度。
今晨三时、六时各醒一次，加
服一枚，六时半起身。做清
洁工作等一小时。上午九时赴琴

秋及了華処，都去合影，十一时许返家。中午小睡一小时。下午阅报、参资。晚阅电视转播福建省话剧团演出之龙江颂（看到中间，罗医师偕夫人来访，故脱了一节）。十时许服药二枚，又阅书至十一时入睡。

二月十五日，阴，一、二级风，◎下二度，○下九度，夜来有小雪。

今晨三、五时各醒一次，加服[illegible]一枚，六时来又醒，即起身，做清洁工作一小时。九时半，咸克家及夫人带女儿来访，他们的小女儿和中宁同班。十时琴秋及玛璽、丑二孩、之華及其女燕伊、陸綴文及其子独新结婚，名沈剑霞，生物化学，在沈阳执教。均来。十一时赴四川饭店，已家大小卅六人，二桌坐不开，坐了二桌。下午二时返家。阅报，参资。晚阅电视至九时，又阅书至十时，服药二枚如例，於十一时许入睡。

二月十六日，晴，昨夜有小雪，四级风。○下五度，○下十三度。夜间醒来已五时，连睡六小时，此为罕有之事。又朦胧至六时许起身，做清洁工作等一小时多，倒。上午处理杂事。续写大种读后记，阅报，参资。中午小睡一小时。下午续写《火种》读后记完。此文共计万字。家二人来，谈片时即去。晚阅电视至九时，服药二枚，又阅书至十二时许入睡。

二月十七日，晴，上午大风，午后渐小。○下三度，○下十三度。今晨三时、五时各醒一次，六时许又醒，甚倦，七时半起身做清洁工作等一小时后倒。上午处理杂小事，阅报。中午小睡一小时。下午，写信三封。处理杂公事，阅报刊。晚赴青艺看上海人艺演出之话剧《激流勇进》。十时许返家，服药二枚，阅书至十二时许入睡。

二月十六日，晴，二、三级风，○度、○下十度。

今晨三、五时各醒一次，加服M一枚，六时半又醒，即起身，做清洁工作等五例。上午處理雜公事，阅报，参资。中午小睡一小时。下午阅书刊。三时出席尼泊尔国庆（我為民主）招待會，六时许返家。阅书至十时，服药二枚，於十时许入睡。

六月十九日、晴、四、五级风、
0度、0下十二度、
今晨三、五时各醒一次、加服
M一枚、六时半起身、做清洁
工作等一小时、上午处理杂七
事、阅报、参资、中午小睡一小
时。下午阅书刊。晚阅书至十
时服药二枚、又阅书至十二时
许入睡。今日有轻微感冒、
已服羚翘解毒丸、
六月二十日、晴、四、五级风、
六度、0下九度、

今晨二时、五时各醒一次，加服川一枚，七时半起身，做清洁工作一小时，上午处理杂事，阅报、参资，中午小睡一小时，下午处理杂事，阅书刊，晚阅电视至九时，服叶二枚，又阅书刊至十时许入睡。

二月二十一日，晴，三、四级风，一度，〇下九度。

今晨三时、五时各醒一次，加服川一枚，上午做清洁工作一小时余，例阅报、参资，处

理雜公事。今日咳嗽轉劇。似有輕微發燒。中午因咳，不能入睡，下午處理雜事，閱書，晚閱電視至九時，服藥二枚如例，十時許入睡，仍不久即醒，甚咳，時為○時卅分，乃加服綠色膠囊安眠藥一枚，須至一時始入睡，此後仍不能酣睡，翌日六時許起身。今日服中藥羚翹解毒片，除燒止咳丸比昨日量增之。

二月二十二日，晴，少風，如昨。

今晨七时起身后做清洁工作一小时如例。上午处理杂事，阅报、参资。上午仍咳，未见减轻，但比昨夜好些。服中药丸片仍如昨。中午小睡一小时。下午阅书刊。晚阅电视至九时，服安眠药青如例，于十一时许入睡。

二月二十三日，晴，西风，二度，○下九度。

昨入睡后因咳嗽迄未能安枕，○时卅分起而加服川一枚，

5 藥（红色胶囊，安眠藥）一枚，

约半小时后始又入睡。四时许

醒一次，六时又醒，咳又大作。七时半

起身，做清洁作药一小时。今日

为星期。上午阅报、参资。今日

仍服羚翘解毒丸药，白天咳较

可。中午小睡一小时。下午阅书刊，

晚赴首都看龙江颂话剧。十时

许返家，服药二枚，多倒，十一时许

入睡。

二月二十四日，晴，小风，二度、

○下八度。

今晨三时五时各醒一次，六时半再醒，即起身，做清洁工作等。十时，上午处理杂事，阅报，参资。中午小睡一小时。下午二时半赴作战部听宣读毛主席自去年十月至今接见的四批外宾的谈话记录。五时半散会返家，晚阅书至十时，服药二枚，于十一时许入睡。今日仍服中药丸，但咳仍如昨日，且有轻微发热，晚十一时入睡后因咳不能安枕，至十二时许仍未熟睡，乃加服红色S药一枚，约半十一时入睡。

二月二十五日 晴，大风，一度，〇下八度。

凌晨五时许醒来，又朦胧一小时许，六时十五分起身，做清洁工作一小时如例。上午处理杂公事，阅报、参资。中午小睡一小时。下午三时仍赴总战部听宣读毛主席接见外宾时的谈话，至五时半散会返家。晚阅电视至九时，又阅书至十时，服药二枚如例，于十一时入睡。

五月二十五日，晴，少风，三度，

〇下八度，

昨夜入睡后不久即因咳嗽而不能再睡，加服S一枚，约一小时后始再入睡，此后又因咳嗽醒来两次，五时半起身，做体操作如例，八时半赴北京医院就医，十时返家，阅报，中午小睡一小时，下午阅参考，處理雜事，

日来甚疲，右肘侧疼烧，食欲减，晚阅電視至九时，服藥二枚如例，又阅书至十一时入睡，

六月二十七日，晴，小风，三度、
○下八度。
昨服西药后咳稍可，入睡后
即安睡，三时、五时多醒，仍加
服了一枚，六时半起身，做清
洁工作约一小时。上午处理杂
书事，阅报，参资。中午小睡一
小时。下午作书三封，阅书。为
萧家干对轻工业部罗明建
议，提炼青阳草药为新药，又覆
萧及致周秀峰信。晚阅
电视至九时，服药二枚，又
例于十时许入睡。

二月二十八日，晴，少风，七度

○下三度。

今晨三时，五时各醒一次，七时半又醒，即起身。做清洁工作一小时。上午处理杂事，并阅书，参资。昨已不服止咳之西药，咳亦止，但今晨五时醒时亦腹急，如厕，水泻少许，因即服四圜素二枚，此后七时许又水泻少许，九时许又服四圜素二枚。中午小睡一小时。午后泻止，改服表飞鸣等。午后阅书刊。

晚阅电视至九时，又阅书至十时服药二枚，如例，十一时许入睡，但一小时即因咳嗽而醒，咳十分钟许，吐痰一小盅，因再服西药（有百分之卅可的英）一小匙。而又入睡。

二月二十九日，阴，后晴，有风三度，○下五度。

今晨三时、五时，各醒一次，七时许又醒，即起身。三时许醒时稍咳，又服西药二小匙。做清洁工作一小时。上午处理杂公早阅报，参资。中午小睡一小时，下午处理杂事，阅书，今日咳已止，未再服药，但仍服表飞鸣等。晚阅电视至九时，又阅书至十时，服药二枚，阅书至十二时许入睡。

一九六四年六月一日，阴欲晴，
岚，六度，○下五度。
今晨三时半醒一次，五时许
又醒，加服片一枚，七时许又醒，
即起身，做清洁工作等一小时。
上午阅报，参资，中午小睡
一小时，下午覆信三封，阅书。
今日喉止，未再服药，然而不
知为何，精神极不振，下午
写了三封短信，既即昏昏然
矣。今日为星期，小刚等都未来。
晚阅电视一小时，又阅书至九

时，服药二枚如例，仍阅书，但
至十二时仍未有睡意，乃加服S
一枚，十餘分后入睡。

三月二十日，晴，小风，八度，
○下三度。

今晨四时许醒来，后又睡至七
时许起身。做清洁工作一小时
如例。上午處理杂事，阅报，
参资。中午小睡一小时。下午
覆信三封。阅书。晚阅书至九
时，服药二枚，於十时许入睡。

三月二十一日，上午有小雪，约三十

分鐘即止，地面未濕，即轉晴，二三級風，五度，最下二度。

今晨仍於三時、五時左右醒來，五時後未能再睡，朦朧至六時才起身，做清潔衣等一小時如例。上午處理雜七事，閱報、參資。中午小睡一小時，下午理髮，閱書，處理雜七事。五時才赴摩洛哥大使館國慶招待會。七時返家，閱電視至十時，服藥二枚，然至十一時仍無睡意，乃加服S一枚，十一時才入睡。

二月四日，晴，大风，落沙，四度〇下五度。

今晨仍然三时、五时各醒一次，五时后未能再睡，朦胧至八时半方有睡意，却不得不起身矣。做清洁卫生等一小时余。上午处理杂事，阅报，参资。中午小睡一小时。下午阅书，处理杂事，覆信二封。六时赴四川饭店，以亚洲园林委员会副主席名义宴待尼日尔客人乌斯曼。九时许返家，服药二枚如倒，十一时许入睡。

三月五日，晴，三、四级风，九度。〇下二度。

今晨仍然三时、五时各醒一次，五时后不能再酣睡，六时半起身，做床活动等一小时。上午处理杂事。阅报、参资。中午小睡一小时。下午三时起文联看黄片初次改验上下集，六时许返家。晚阅电视一小时。又阅书至十时，服药二枚，又阅书一话刷牙收拾后，至十一时半入睡。

三月六日，晴，小风，十度、零下四度。
今晨三时、五时各醒一次，六时服药后再睡，六时半起身。做清洁工作等，七时如例上午处理杂务。覆信两封，阅报，参考。中午小睡约二十分钟即醒，三时出发文化部接见新任挪威大使。四时许返家。处理杂务事。晚阅电视至九时，又阅书至十一时，服药之后於半小时后入睡。

三月七日，晴，三、四级风，九度，〇下五度。

今晨仍然三时、五时各醒一次，六时半再醒，即起身，上午做清洁工作等一小时，处理杂事。九时部务会议，十二时散。中午小睡一小时。下午阅报、参资。五时赴四川饭店，宴请赴京法语专家，因中国文学法文版第一期得彼等之助也。据国际书店报告，法文版前出版一个月，已得定户八百余，仅法国即有六百定户，至於英文板則今年一月已有定户四千餘。九時返家。十時服藥三板，閱書至十一時許入睡。

三月八日，上午晴，午後陰，午後大風，十二度，〇度。

今晨三時許醒一次，六時半又醒，即起身。做清潔工作，一如例。上午閱報，參觀。中午小睡半小時。下午閱書，今日為星期。晚閱書至十時，服藥三板，於十一時許入睡。午後風大轉冷。

三月九日，晴，三、四級風，

十度、〇下三度。
今晨零時許即醒，加服M一枚，五時許又醒，旋又睡至七時許始醒，即起身。做清潔作事一小時。上午處理雜事，閱報、參資。中午小睡一小時，下午處理雜事。閱書。晚閱書至九時，服藥二枚如例，又閱書至十二時入睡。

二月十日，晴，小風，十四度，〇度。

今晨四五时半醒来，未能再睡，六时许起身，做清洁工作等一小时，如例。上午处理杂公事，阅报，参资。中午小睡一小时许，下午三时接见印尼大使，他即将返国，此来为告别也。三时来辞去。阅书，作笔记。晚阅电视至十时，服药二枚，又阅书至十二时许入睡。

三月十三日，阴，午后大雪，至晚始止，积寸许，小风，八度、四度。

今晨三时、五时各醒一次、六时许又醒，即起身，做清洁等如例。上午处理杂事，阅参资。中午小睡一小时。下午处理杂事。阅书。下午五时赴东总布胡同接见日本作家代表团，团长为龟井胜、一郎）、六时半在四川饭店为日代表团洗尘。九时许返家。十时服药二枚如例，阅书至十一时半入睡。

三月十二日，晴，三、四級風，八度、○下三度。

今晨五時許醒後，未能再睡，朦朧至七時許起身，做清潔工作等如例。上午處理雜事，閱報，參，省。中午午睡一小時。下午處理雜公事。閱書。三時赴印尼大使之告別酒會。七時半返家。閱電視一小時，又閱書至十時，服藥二粒，於十一時許入睡。

三月十三日，晴，三、四級風。

十度、〇度。

今晨三时、五时各醒一次，六时半又醒，即起身，做清洁工作一小时如例。上午處理雜公事，阅报，参資。中午小睡一小时。下午處理雜事，阅书。晚阅電视一小时。又阅书至十时，服藥二枚如例，於十一时许入睡。

三月四日，陰，小風，十四度二度。

昨入睡後，居然於今晨六时

许始醒，此为年来罕见之事。五时醒后未能再睡，六时半起身，做清洁工作等一小时。上午处理杂务事，阅报、参资。中午小睡一小时，下午处理来信，阅书，晚阅电视至九时。服药二枚，阅书至十一时入睡。

三月十五日，今晨有小雪，应是三、四时下的，六时我起身，雪早止，瓦上有薄薄一层而已。上午阴，下午有阳光，时隐时现，四、五级东北风，八度、○下一度、今日為星期二。

今晨三时醒一次，五时许又醒，即起身。做体洁工作等一小时，如例。阅报。九时半赴北京医院探视苏井观，是為癌症，情况不妙。阅参资。中午小睡一小时。下午三时赴机场欢迎周总理等代表团返京。机场风大，颇觉不能支持。晚阅电视转播、家人。十时半服药二枚，又阅书至十二时入睡。

二月十六日，晴，仍有雪、五级风，十二度、〇度。

今晨五时许醒来，不能再睡。朦朧至六时许起身，做清洁工作等一小时即倒。上午處理雜公事，阅报，参資。中午小睡一小时。下午二时半赴北京展覽館看工業新出品展覽。五时返家。晚阅书至十时，服药二枚即倒，於十时许入睡。

三月十七日，晴，大风，八度，〇下三度。

今晨三时五时各醒一次，六时半又醒，即起身，做清洁工作等一小时即倒。上午處理雜公事，写信，阅报，参资。中午小睡未酣，二时赴政协礼堂，主和古寺，周体订于今日下午二时李举行首都各界人民支持巴勒斯坦和阿拉伯各国人民反对美帝国主义斗争大会。本拟开会前十分钟，（此时出席主席团多人均已到齐，）知阿联等四国大使对应邀前来参加此会之巴勒斯坦代表（此为寓居阿尔及利亚之巴勒斯坦难民团体之代表）有异议，不认其为有代表资格，因其间另别有一团体代表巴难民，阿联一向视

此卯翌下之国体為正统也。原
订阿联等の国主席出席此會
且由摩洛哥元首代表発言，等等，
而就反汗。因此我方临时宣布此
时延期，给到會群众放映電影。
时已為三时半。此因二时三十分许，阿联等四大使互
到政協礼堂，於是和古耶森两等而来，
谈判结果，马の大使们召開會，已
素来之巴勒斯坦代表阿人名义，但摩
大使不発言，而我方们主延期，请阿
拉伯人自己谈好后再说。放映之電
影為蚕花姑娘。五时散畢，即
歸家。晚阅電视至九时，服藥

二枚，於十二时许入睡。

二月十八日，昨夜有雪，地上積得二、三分，今日陰霾，四、五级风，八度、0下一度。

昨晚於十一时服藥二枚後，至十二时尚未睡着，乃加服S一枚，旋即入睡，但一小时後即醒，頭暈甚，此後得兩小时即醒一次，今晨五时後不復能睡矣，雖然頭暈，六时許起身，做清洁等例。上午處理雜事。閱报，参消。中午小睡一小时。

下午續處理雜亂事，閱書。晚與多花即禮堂看英國影片拆幕記（二次大戰事期意大利發生之故事）。九時許返家，服藥二枚，又閱書至十時半入睡。

三月十九日，晴，二、三級北風，最六度，○下一度。

今晨三時、五時各醒一次，六時許又醒，即起身。做清潔工作等一小時如例。上午處理雜亂事，阅报，参资，中午小睡一小时。下午处理杂事，阅书，晚阅电视至九时，服药二枚如例，又阅书至十二时许入睡。

二月二十日，晴，二、三级风，十二度，0度。

今晨三时、五时各醒一次，六时许又醒，即起身。做清洁工作等一小时，上午写一读陆文夫的作品约五百字，阅报、参资，十二时赴阿联酋大使为巴勒斯坦代表在北京饭店举行之午宴，下午二时许赴政协礼堂出席首都各界人民支持巴勒斯坦阿刺伯人民反美斗争大會、五时许返家。六时出席中国对外文协為欢迎日本作家代表团举行之宴会、九时许返家、服藥二枚、服藥二枚無例、於十时许入睡。

三月二十日、陰、預报下午有小雨雪，我所没有。二、三級偏东风、七度、一度。夜有小雪。

今晨仍於三时、五时各醒一次、六时半又醒、即起身。甚感疲劳。做清洁工作等如例。上午續寫论文約千字，阅报、参消。

中午小睡一小时。下午處理雜公事，阅书。五时二十分赴人民大會，出席欢送巴勒斯坦代表（請柬上只称巴勒斯坦朋友）的宴會，八时半返家。阅书至十时，服藥二枚後倒，於十一时入睡。

二月二十二日，陰，有小雨雪，八度，下一度。

今晨三时、五时各醒一次，六时半又醒，即起身。做清洁工作等一小时後倒。上午阅报、参资。中午小睡一时。下午阅书。晚赴天桥劇場看陕西廣中歌劇團演出歌剧红梅岭。十时半返家。服药二枚，于十二时许入睡。

三月二十三日，阴，二、三级风，八度，〇下一度。

今晨六时半起身，前醒过三次，夜每两小时醒一次，身体十分疲劳。做清洁工作半一小时始毕。上午处理杂七事。阅报、参资。中午小睡一小时。下午三时半理发，四时许返家。五时二十分赴北京饭店，会巴基斯坦大使为巴

國庆举行招待會，今晚並有歌
舞演出，东方歌舞團担任，八时許返家，
阅书至十时，服藥二枚如例，十
一时許入睡。
三月二十四日，晴，四、五级北
風，十二度，〇下四度。
昨入睡后约三小时即醒，久久不
能再睡，乃加服S一枚，三时許
又睡，六时醒，又睡半小时許醒，
即起身，做清洁工作等一小
时如例，上午處理雜公事。阅
报、参資，中午小睡一小时。下

午處理雜公事，閱书。晚閱電
視至九时半，播出北昆新編現代
生活剧师生之间，此剧内容為一少年
(中学生)受坏人引诱，錢手墮落，王
老师耐心教育，並无效，~~賊~~做後父对王老师
尊述此子身世(矿工之子，父死於非命)者
他窃听到了，於是觉悟。此種情
节為社长的女兒，年青的一代相仿佛，
有人称之為使人不耐屈資產階級
且想奪取下一代，要靠死人相助。服
藥二枚，閱书至十时半入睡。
三月二十五日，晴，三、四级风，
十度，〇下一度。
今晨四时始醒，計一觉為宗，

时，此亦近来罕有之事。晚又睡至六时许起身，做清洁工作一小时如例。上午处理杂事，阅报、参资，写论文（续前已写关于陆文夫之作品者）二小时。中午小睡一小时。下午续写论文二小时。今日共写二千字许。晚阅电视至九时余，服药二枚，又阅书至十时半入睡。

三月二十六日，晴，昨夜整夜暴风，今日上午风势仍劲，下午稍敛，北风，南度、〇度。

今晨六时前醒四次，每次相距一小时。六时半起身，做广播体操如例。上午写论文（续昨），处理杂公事，阅报、参资。中午小睡一小时。下午续写论文。今日共写二千余字，觉得很疲劳。晚六时半赴苏联大使为中国访问教育代表团（杨秀峰为团长）举行之宴会，十时许返家。服药二枚如例，十一时许入睡。

六月二十七日，阴，四至五级风，十五度、一度。

今晨四时许醒，后不复能酣睡，六时半又醒，即起身，做清洁工作如例。上午处理杂公事，阅报、参资。中午小睡一小时。午后甚倦，不能续写论文，乃为人作书共三幅，其中一幅题西江月：寰宇风雷浩荡，中心挂美亚非。蛙鸣犹自分公私。青蝇营营遗矢。友帝友修友殖，不分南北东西。高悬明魑魅魍魉。不塞不流不止，晚六时赴菲律国宴请郭素英。八时返家，九时阅书至十时，服药二枚如例，十一时许入睡。

三月二十八日，晴，三、四级风，十四度、二度。

今晨六时前醒过两次，六时二十分起身，做清洁工作如例。上午九时副部长们来汇报。十一时毕。中午小睡一小时。下午阅报参资、处理杂事。晚阅电视至十时，服药三枚如例，又阅书至十一时许入睡。

三月二十九日，阴，午后有四五级北风，十八度、二度。

今晨四时醒后，又睡至六时许起身，做清洁工作一小时如例。上午阅报、参资。中午小睡一小时，下午阅书。晚五时赴全聚德欢宴巴勒斯坦客人（访问朝鲜归来，即将访越）。八时许散。归家看电影至十时，服药三枚于十一时许入睡。

三月三十日，晴，一、二级北风，十二度、0度、

今晨四时醒来，即再酣睡，转辗至六时起身，甚倦，做清洁工作等一小时左右，上午续写论文约五、六百字，阅报、参资，处理杂务事，中午小睡一小时，下午二时四十分赴人大出席人大常委与国务院联席会听周总理作访问十四国之报告，七时许返家，甚倦，晚上本不想再用脑筋，但七时半看电

生開始廣播、許多共黨中央公開
信了、精神為之一振、昨晚十時、
服藥二枚如例、至十一時廣播完、
即就寢、約半夜時始入睡、
三月三十一日、陰、三四級風、
溫度如昨。
今晨六時許即醒、此為昨日太
疲勞之結果、乃再服紅色S一枚、
未幾又入睡、但四時許又醒、頭
暈甚倦、但不能再酣睡、朦
朦至五時、又起而小便、至六時許
起身、頭仍暈、比平常尤不爽、
日間用腦過度、晚上多服安眠

華加倍你們能不能安睡。做清潔工作一小時。上午處理雜事，閱報，參資。不敢使腦太疲勞，因下午一時有話劇優秀劇本及演出單位（五三年的）給獎大會，而三時在人大仍有周總理報告（續昨）也。中午小睡二十分鐘。下午一時主持優秀話劇給獎大会，二時半赴人大聽周總理報告訪問亞國，七時返家。八時又赴北京飯店，參加今晚有慶祝優秀話劇劇目獎聯歡會，至十時許閉总理将接见编导演员也（了解要者）。九时许返家。十时服药二枚，如例。十一时许入睡。

一九七四年四月一日，晴，三四级风，十四度，三度，夜有小雨。今晨五时许醒来，后又睡至七时许，八时半起身，做清洁作业一小时如例，上午处理杂事，阅报，参资，中午小睡一小时。下午处理杂事，阅书。今日甚感疲倦，晚阅书，又阅电视至十时，服药于十一时许入睡。

四月二日，阴，二、三级风，

九度、三度。

今晨三时、五时各醒一次，五时以后又睡了一小时许，6时半起身，做清洁工作等一小时以后，上午處理雜务事，续写論文的手字。阅报、参资。中午小睡一小时。下午三时出席小组讨論周总理访问十四國之討論會（在人大黑龍江廳），6时返家。七时十五到民族宫看第一场第二、母子会（福建军区前线剧团演

出）、檯台（青島話劇團演出），
三幕獨幕劇。十时许返家。服
藥二枚如例，阅书至十一时许
入睡。
四月三日，晴，二、三級风，十
六度、五度。
今晨六时许起身，前醒过
两次，加服门一枚。做清洁工作
等如例。上午處理雜些事，
續写論文五百字。阅报、参資。
中午小睡一小时许，下午三时
赴人大出席讨論会（继昨天開的），

六时许返家，晚阅電視至十时，服藥二枚，又阅书至十二时半入睡。

四月四日，晴，三—四级南风，十九度，八度。

今晨二时，五时各醒一次，六时半又醒，即起身，做清洁工作等一小时。上午處理雜公事，阅报，参資。中午小睡半小时。二时赴机場，為欢迎老挝首相富馬親王所率領之代表團，四时返振部，即赴美術飯看去年出版展覽。五時許返家。七時赴人大，出席歡迎富馬代表團之宴會。十時許返家，服藥二枚，閱書至十一時許入睡。

四月廿日，晴，小雨，昨夜即有小雨，今晨閃電雷聲隆然），四、五級東北風，十二度、三度。今日為星期。

今晨五時半起身，前仍然醒了兩次，做清潔工作等如例。上午閱書、閱報、參觀。中午十一睡一小时。下午阅书。七时卅分赴人大小礼堂，文化部与中老友协举行之欢迎老挝贵宾之晚会，订於八时举行。十一时许返家。服药二枚，於十二时许入睡。傍晚雨雪交加，阴冷。

四月二日，晴，三、四级风，十二度，二度。

今晨仍然於三时醒一次，五时又醒，六时许起身，屋外有薄雪一层。做清洁工作，寻一小时多例。上午处理杂事，

阅报，参资，转弥甚为倦

怠。再阅读四论文。中午小

睡一小时。下午覆信，阅来

稿。七时赴人大，出席富马亲

王之告别宴会，八时半席散。

返家后於十时许服药二枚

安倒，阅书至十一时许入睡。

四月七日，阴，四五级北

风，十二度、二度。

今晨三时、五时各醒一次，

六时起身，做清洁，作等

如例，七时赴机場送君挺代
表團。机場风甚冷，送行
者面都冻红了。返抵寓所
已九时一刻。阅报，處理
雜事。中午小睡一小时。
下午阅参資。覆信。晚七
时赴人大三樓小礼堂看話
劇南海長城。（廣东華南
部隊話劇團演出）十时许
返抵家，服藥二枚，如例於
十二时许入睡。

四月八日，陰，三，四級風，

十五度，二度，

今晨五时醒来，即不能再睡，朦朦胧胧至六时许起身，做清潔工作一小时，上午處理雜事，阅报，参資，中午小睡一小时，下午二时四十分赴飛机场迎接古巴保衛革命委員會代表三人，四时半返抵家，晚阅電視至九时，服藥之後如例，又阅书至十时半入睡。
四月九日，晴，多云，午后风
較大，西，五級。十三度、廿度。
今晨一时许醒，加服N一枚，
五时许又醒，六时醒后即起身，
做清洁卫生等如例。上午續
写论文（约千字）完。此文断断續
續写了二十多天，今始完成，共
万餘言。阅报，参资。中午小
睡一小时。下午處理雜事，
阅书，六时理髮，七时在和大

宴请肯尼亚民族联盟地区组织书记、国会议员奥杜亚、奥普朗、六时许返家，服药二枚后倒、於十时许入睡。

四月十日、阴、三、四级北风、二十度、七度。

今晨六时许起身前曾醒两次、做清洁卫生一小时后倒。上午通读已写了论文一遍、核正笔误、即连同文汇报前所送来之资料送交文汇报编辑部。去月三公书此信来、顿有无債一身輕之感。然而尚欠前寫及鴨綠江的一篇，只好过了本月再說了。閱报，參資。中午小睡一小时。下午得審什通知：我人民幣十元、五元、三元等三種一九五三板，是托苏联代印的，而未進次索取該三種厚板，苏方追索交来，催之再三，最近僅交来複制板一套。鉴於修正主义者可不擇手段，任何惡毒勾当都幹得出来，我方决於本月十四日起收回該三種鈔票，十四起市面停止流通，另須向銀行換兌。兌換期為一個月云云。修正主義者之無恥至於斯極。下午處理雜事，閱報。六時赴四川飯店宴請古巴保衛革命委員會代表團。該代表團總以不諳中蘇分歧，更不用說反修了。我方安排不誤。十時許返家，服藥二枚，於十二時許入睡。

四月十二日，昨夜有雨，今晨轉小，霧陰。終日未霽。二、三微东北风转南风，十八度、六度。
今晨三时、五时各醒一次，加服
门一枚，六时许又醒即起身，做
清洁工作等如例。上午处理
杂务来，阅报、参资。十一时半
赴鸿宾楼宴请阿尔及利
亚文化代表团中之团长、副团长
及另一团员（三人皆为作家，有
著作但非文艺性的）。下午三时许始
返家。小卧一小时。四时许小宁
来，五时小钢来。晚阅电视一小时，
又阅书至九时，服药二枚如例

又阅书至十时半入睡。

八月十二日，昨夜又有雨，今日阴，时有小雨，有阵风，十六度、八度。今日为星期。

今晨三时半醒来，加服川一一枚，又睡至六时许醒来，甚倦，六时半起身。上午處理雜事，来阅报，参资。中午午睡一小时，下午覆信，阅书。晚阅電视一小时，又阅书至九时半，服药二枚，于十时半入睡。

八月十三日，阴，昨夜小雨，十六度、八度。

今晨三时、五时各醒一次，六时又醒，即起身，做清洁工作并写字。上午九时，谢冰心与金近来谈儿童文学出板社（已出二期）情况，并请写文章给，当答以五月内或能写一点。谈一小时辞去。处理杂事。阅报，参资。中午小睡一小时。下午六时四十分赴政协，出席首都各界人民支持南非人民斗争大会，八时许返家。晚阅书至九时末，服药二枚如例。

十时半入睡。

四月十四日，陰，昨夜有雨

今晨有雾，二、三级东南风，

十五度、九度。

今晨仍然三时、五时各醒一次，

六时许又醒，即起身。做清洁工

作等一小时。照例，上午處理雜

事，閱报，參資。中午小睡

一小时，下午處理雜事，閱

书。晚閱電視至九时，服药

之后，又閱书至十时半入睡。

四月十五日，阴，有小雨，昨
夜有小雨，二级东风（南），
十二度，十七度。
今晨四时醒一次，加服川一
枚，六时又醒，六时半起身，做
清洁工作等一小时多，倒。上午
处理杂事，阅报，参资。
中午小睡一小时。下午处理
杂事，阅书。晚赴青艺小
礼堂看马吉星编剧之「豹子
湾战斗」。十时返家，服药

三校，於十二時許入睡。

四月十六日，陰，下午小雨，二、三級南风，十五度、十一度。今晨三時、五時各醒一次，六時又醒，六時半起身。做清潔工作一小時。上午處理雜公事，閱報、參資。中午小睡一小時，下午處理雜公事，閱習刊。晚閱電視至九時，服藥二校，於十時半入睡。

四月十七日，陰，南，一、二

级南风、十八度、十度。

今晨三时、五时各醒一次，六时又醒，即起身，做清洁工作等一小时。上午处理杂事，阅报、参资。中午小睡一小时。下午二时半赴人大礼堂出席首都各界人民支持古巴和拉美人民反美斗争大会。五时散，返家。六时赴北京饭店出席叙利亚代办为叙国庆举行之招待会。七时半返家，阅电视。十时，服药二枚入睡，又

阅书至十二时尚无睡意，乃加服
S一枚，得于一时许入睡。
四月十八日，阴，高二八、夜
东风，十五度、十度。
今晨四时许醒来，又睡至七
时又醒，八时半起身，做清
洁工作一小时，至剧，九时部务
会议，听取创作情况汇报、
十二时散会。中午小睡一小时。
下午阅报，来宾。晚阅电视
至十时，服药二枚，又阅书至
十一时入睡。

四月十九日，阴，雨，一、二级南风，十八度、十三度。

今晨三时、五时各醒一次，加服M一枚，七时半又醒，即起身。做清洁工作一小时，上午阅报、参资。中午小睡一小时。下午处理杂事，今日为星期，小钢等来。晚阅电视至十时半，服药二枚，于十二时许入睡。

四月二十日，阴有雨，一、二级东风，十八度、十三度。

今晨四时许醒来，加服M

一枚，半小时后又睡，六时半醒，
即起身。七时做清洁工作，一小
时许。八时半赴北京医院，
為檢查身体安排时间，並治
脚上鷄眼。十时许返家。阅
报，参資。中午小睡一小时，下
午處理雜公事，阅书刊。晚
阅书至十时，服藥二枚，十二时
许入睡。今日来了新女傭，
這已三閱月換了人了。不知
此人能作多少日子？
四月二十一日，陰，二、六服南

风，二十六度，九度，

今晨三时，五时各醒一次，加服M一枚，六时许又醒，不能复睡，七时半赴北京医院检查身体，十时半始归，阅报，中午小睡一小时，下午阅参资，处理杂事，覆信，晚阅电视至九时，服药二枚，十时半入睡。

四月二十六日，晴，今日始见阳光，二、三级南风，廿度、九度，今晨三时、五时各醒一次，加服M一枚，七时半又醒，即起身，做清洁工作半小时。上午处理杂事，阅报、参资。中午小睡一小时，下午阅儿童文学第一期。晚阅电视至十时，服药二枚，於十一时许入睡。

四月二十三日，阴，二、三级偏东风，二十度、十二度。

今晨三时、五时各醒一次，五时四十分再睡，挨至七时许起身，做清洁工作半小时。

上午處理雜公事，閱報，參
資。中午小睡一小時，下午閱
究室文字第二期，處理雜公
事。晚閱電視一小時，又閱书
至十時，服藥二枚，於十一時許
入睡。

四月二十四日，陰，二、三級
南風，十八度、十三度。

今晨四時許醒來，加服M
一枚，五時許又醒，不久再睡，
然而倦甚，六時許起身，做

清晨作事一小时多例，上
午處理雜事，閱報，參資。
中午小睡一小时。下午閱完垂
文学完（第三期），晚閱電視
至十时，服藥三枚，又閱书至
十一时许入睡。
明昏，陰轉晴，午
后陽光燦爛，二、三級南風，
二十度、十度。
今晨三时、五时多醒一次，
加服川一枚，六时许又醒，

即起身，做清潔，作一小時許，九時赴北京醫院內科診斷，據云：冠狀動脈硬化現象與前年去年相彷彿，而未見劇（此據心電圖判斷），膽固醇則今年較去年又高二十，即為一（二百？）百四十許，血壓為二百三十多度，（因去為百二十），低數仍為八十，醫勸運動，節勞，十時半返家，閱報，參讀，中午小睡一小時許，下午覆康金鐃信，三时赴人大出席人大常委与國务院聯席会议，周总理就上次校委的各個所提问题作答，七时许散會。晚阅電视一小时，九时半服藥上床如例，又阅书约一小时入睡。

四月廿四日，星期，晴，大好陽光，久别且將一個月矣。但午后轉陰。二、三級南风，廿三度、九度。

今晨三时、五时各醒一次，

六时许又醒，即起身。做清洁工作一小时如例。上午阅报，参资。为宛市文学写一短文。中午小睡一小时。下午续写短文完。晚阅电视至九时半，服药二枚，又阅书至十一时入睡。

四月廿七日，先阴后晴，但阳光淡黄。二、三级偏南风，十六度、十七度。

今晨三时、五时各醒一次，加服药一枚，五时许又醒，即起身，做清洁工作约一小时。上午處理雜事、閱报、参資。中午小睡一小时。下午處理信、處理雜事。晚閱书刊至十时，服药二枚如例，於十一时许入睡。

四月廿日　晴，二、三级南风，十五度、十度。

今晨三时、五时各醒一次，加服M一枚，但六时许又醒，即起身，做清洁工作等一小时如例。上午處理雜事、理发、閱报、参資。中午小睡一小时，下午六时半赴政协出席首都各界人民支持日本人民反美爱國鬥爭大會。五时许返家。七时赴人大出席常委會委員長為来訪之布隆迪國民议會议員代表团之宴會。九时许返家，服藥之後如例閱书至十二时许始渐入睡。

四月廿九日，陰，有小雨，六三级南风，十七度，八度。

今晨四时许醒来，加服門一枚，又睡至六时，即起身，做清洁工作等一小时。上午處理雜事。閱报、参資。中午小睡一小时。下午處理雜事、三时半接見印尼新任大使查禾多、四时半辞去。晚在前楼大厅看新片独立隊長。此為長製出品、内容頗有问题、一関於游击隊派党員到一支分子複雜、打着共產党旂幟的小隊（实為土匪性质）任争取改造如何做工作及工作方法问题、

所谓联系员者竟派去工作方法
简单化、又不坚持原则、事实上特不可争取
对方而会被对方教掉、然而片
中却不然、甚因而实不真实的
毛病。推想起来、编导只顾到
有剧情、不落套、因而片中戟手
没有说服工作
的镜环。却忘记了这样做的结果、特别是
使影片缺乏真实感。
背了共产党争取游离分子的
方针政策。因、片中未表现上级对
这个联络员的批评。
九时许返家、服药之后如例、

阅书至十二时许入睡。

四月廿四日，先晴后阴，午后十二时半，五级雷暴大作，有雨，但不大。二、三级偏北风，十九度、九度。晚有小雨。

今晨四时许醒来，加服以一粒，六时许又醒，即起身。做清洁工作一小时左右，上午处理杂公事，覆信，阅报，参资。中午小睡一小时。下午处理杂公事，阅书。六时赴人大宴会厅出席庆祝五一之招待会，八时许返家，阅书至九时来服药二枚，于十时许入睡。

一九六四年五月一日，早尚陰雲四佈，十时后陽光大放，二、三级南风，晚上轉為西北风，二十度、九度。

今晨三时，五时各醒一次，加服药一枚，六时许又醒，即起身，做清洁工作等各例。上午九时赴北京工人体育館看体操表演及乒乓球比賽，十二时返家。中午小睡一小时。下午阅报，處理雜事。晚八时携小孩们到天安门楼上看烟火及歌舞表演，九时半返家。十时半服药二枚，阅书至十二时许入睡。

五月二日，大好晴天。三四级南风，廿五度，十二度。

今晨三时、五时各醒一次，六时许又醒，即起身，做清洁工作一小时许。上午阅报、参资，处理杂事。中午小睡一小时。下午阅书。晚阅书至九时许，服藥二枚如例，又閱書至十時半入睡。

五月三日，上午陰，午後轉晴，三至四級北風，廿七度、十三度。室中平均溫度則為二十度。今晨二時、五時各醒一次，加服門一枚，六時許又醒，即起身。做清潔工作等一小時。上午處理雜事。閱報、參資。中午小睡一小時。下午處理雜事。閱書刊。晚閱電視一小時許，又閱書至九時，服藥二枚，於十时方入睡。

五月四日，晴，三、四级风，十五度、十六度。

今晨四时许醒来，加服川一枚，六时又醒，即起身，做清洁工作一小时。上午處理雜七事，阅报，参資。中午小睡一小时。下午處理雜七事，阅书刊。晚阅书至九时，服藥二枚又阅书至十时方入睡。

五月五日，晴，三、四级风，

卅二度、十三度。

今晨四时许即醒，良久不能入睡，不得已再服S一枚，约半小时睡着了，但四时许又醒，似又朦胧至七时许，即起身。做读诗作业一小时如例。上午處理雜事，為黄济华写扇面，词如下：

萤火迷离逗引，蛙雷嘈杂闹场。鼓吹两部闹池塘。谩骂、诡辩、撒谎。

白骨成精多詐，红旂之
旂陣臺白立，九天九地扫
欃槍。詰出手着好樣。
（西江月）。阅报，参资。中午
小睡一小时。下午阅古刊。晚
阅电视至十时，服药二枚，又
阅古至十二时许入睡。

五月六日，晴，三十四度南风，

今晨四时许醒来，加服以
廿六度，廿四度。
一枚，六时许又醒，即起身，

做清洁工作一小时许。上午處理雜些事，阅报，參資。中午小睡一小时。下午處理雜些事。阅书。晚七时半在政協礼堂看解放軍文藝會演部分节目。十时半返家。服藥二枚如例，於十一时许入睡。

五月七日，晴，下午多云，六至三級南风，廿度、十二度。

今晨三时、五时各醒一次，加服川一枚，六时半又醒即起身，做

清洁工作等一小时。上午处理
杂事，阅报，参资。中午小
睡一小时。下午覆信四封。处
理杂事。晚阅电视至十时，
加服药三枚如例，又阅书至
十一时半入睡。
五月廿日，阴，三～四级北风，
二十度、十六度。
今晨二时、四时半各醒一次，
加服一枚，但四时半以后未
能酣睡。六时许起身，做清

結工作一小時許。上午處理雜事，閱報，參資。中午小睡一小時。下午處理雜事，閱書，五時半赴捷克國慶招待會。六時返家，閱電視至九時，服藥二枚，又閱書至十時半入睡。

五月九日，陰，二、三級南風，廿五度，十七度。

今晨三時，五時各醒一次，五時後即不能酣睡，七時起身，做清潔工作一小時如例，上午處理雜事，閱報，參資。中午小睡一小時。下午處理雜事，三時許接見敘利亞臨時代辦（他奉調回國，此來為辭行）及新派來之參贊（他將接手為臨時代辦），四時半辭去。晚閱電視至十時，服藥之後，於十一時許入睡。

五月十日，晴，三級南風，廿三度，十二度。

今晨三时、五时各醒一次，五时后又再睡，六时许起身。做清洁工作一小时如例。上午阅书刊、报、参资。中午小睡一小时。下午四时半理发，六时许赴人大福建厅，出席欢迎布隆迪国民议会议长及其代表团之宴会，李维汉为主人。宴后为文艺晚会，十时许返家。服药二枚如例，阅文件等，又阅书至十二时例

无睡意，乃加服S一枚，旋于

⊕一十时始入睡。

五月十二日，晴，三、四级南风，廿度、十二度。

今晨四时许醒来，又睡至六时起身，做清洁工作一小时，上午处理杂七事，阅报，参资。

中午十二时睡十余分钟，不能再睡，阅书至三时，赴部中接见新任德国大使柯尔特，（三时卅分来，四时十分去），捷克大使克日斯特（四时十五分来，五时许去）。
六时十分赴人大安徽厅出席
朱德委员长为欢迎朝鲜议
会代表团举行之宴会（代表
团由议长崔元泽率领）。宴会
后有文艺晚会，十时许返家，
服药二枚如例，于十二时许入
睡。

五月十三日，晴，二、三、四级风，
廿八度、十四度。

今晨三时、五时各醒一次，五
时后不能再睡，六时起身，做

清晨作一小时如例。九时赴人大礼堂听陈毅副总理报告，（有关访问西国，回答问题等），十二时十五分返家。中午小睡一小时许。下午处理杂事，阅报，参资。晚七时赴人大主持各在部、文联等四单位为解放军文艺会演各单位与音协文艺作者联欢晚会。十时许返家。服药二枚如例，又加服S一枚，阅书至十二时许入睡。

六月十三日，晴，大风，塵土
飛揚，廿八度、十八度。
今晨三时、五时各醒一次，后
又朦朧至七时，起身，做清潔
工作一小时如例。九时赴八〇三大
聽陳處長報告，何前題），十二时
返家。中午小睡一小时。下午處
理雜事。閱報，參資。六时赴
人大新疆廳，應朝鮮大使爲
欢迎朝议會代表團答謝之
宴會。九时許返家。服藥二枚
後，閱书至十一时加服S一枚，於

半小时后入睡。

五月十四日，阴后晴，预报有小雨，夜间且有小阵雨，然而没有。三、四级南风，廿五度、十三度。

今晨三时、五时各醒一次，五时后未能酣睡，六时半起身，做练法，作半小时。九时赴大听陈达报告（今日完），十二时返家。中午小睡一小时。下午阅报，参资。处理杂事。五时半赴东总布胡同接见肯尼亚作家加亨格利，（此人现為肯作協主席又亞非[illegible]職務 行政的及党的三个，意同意满〻情，溢於言表），十一时便宴，九时半返家。十时服药二枚，阅书至十一时，加服S一枚，一十二时后始入睡。

五月十五日，晴，二、三级风，二十二度、十三度。

今晨四时许醒来，加服M一枚，旋又睡至五时起身。做清洁一小时。上午覆信，阅报，参資，處理雜公事，中午小睡一小时，下午處理雜公事。閱书，六时半赴政联十度之酒會，七时半返家，閱電視至九时，服藥二枚又閱书至十时，加S一枚，半小时后入睡。

五月十六日，陰，午後有小雨，三四級南风，廿三度，十六度。

今晨四时許醒来，即不能再酣睡，朦朧至五时三刻起身，做清洁工作半小时如例。六时五十分赴飛机場送古巴保衛革命委員會代表團，八时返抵家。上午處理雜务事，阅报，参资。中午少睡一小时，下午處理雜务事，阅书，五时赴机場欢迎苏丹共和国武装部隊最高委員會主席馬卜拉欣。阿布德将軍，八时十五分赴人大會堂参加刘主席為欢迎阿布德主席所举行之宴會，十时返家，服藥二枚，阅书事少时，加服S一枚，事少时後入睡。

五月十七日，上午有小雨，午后放晴，二、三级南风，廿一度、十二度。

今晨四时许醒来，加服1/2一枚睡眠丸，六时才起身，做清洁工作等一小时。上午阅报，参资。中午小睡一小时。下午阅书。晚饭时，去陪欢迎阿布迪主席之文艺晚会。十时许返家，服药二枚后，约於一小时后入睡。

五月十八日，上午阴，午后放

晴，二、三級南風，廿三度，十三度，今晨三時，五時各醒一次，加服門一枚，五時後未再酣睡，六時許起身，做清洁工作一小時許。上午處理雜事，覆信，閱報，參證。中午小睡一小時，下午覆信，處理雜事，閱書，晚六時出席邵布雷主席之告別宴會，十時返家，服藥二枚如例，閱書至十二時許入睡。

五月十九日，晴，午后阴，二
三级南风，廿二度，十四度。
今晨三时、五时各醒一次，加
服门一枚，五时后未能再睡，
腰膝乏力时起身，做清洁
工作等一小时。㊄七时十五分赴
东郊机场，欢送苗丹贵
宾，返抵西家时已九时半矣。
上午处理杂事，阅报，参
资。中午小睡一小时。下午处

理雜务事，閱书。晚閱電視至十时，服藥二枚如例，又閱书至十二时入睡。

五月二十日，晴，午後多雲，三、四級南風，廿五度、十六度。今晨二时醒後加服的一枚，五时再醒，未能再睡，腰酸至六时半起身，做清洁工作一小时。如例。上午處理雜务事，閱報，参資。中午小睡一点时许，三时半接见朝鲜新任大使林春昌，四时十五分辞去。阅书，晚阅电视至十时，服药二枚，又阅书至十一时入睡。

五月二十一日，晴，二、三级南风，晚上转为北风，廿七度、十四度。今晨三时、五时各醒一次，五时以后又酣睡，八时许起身，做清洁工作等一小时。上午处理杂事，阅报、参资，中午少睡一小时。下午處理雜事，閱書刊。晚在本部小放映室看蘇聯片生者與死者，上下兩集，此為修正主义的「傑作」，據、西蒙諾夫同名之小說改編背景為自蘇德戰爭開始至莫斯科保衛戰。影片突出宣揚戰爭之恐怖，蘇聯毫無準備倉卒應戰，一潰千里，（此為反斯大林），高級將領多為無能之輩，而比較能戰者多為剛從集中營中釋放之前將領，今任較小職位，而

又強調政治保安人員对前線逃
回而丢失証件之將士百般怀疑，
（此無異為反斯大林）；总之，全片極
力誣蔑當时以斯大林為首之最高
統帥部，言及其无準備，无调度，
无计劃，一片混乱，无組，亞於法
西斯之殘暴，丝毫看不见，法西斯
軍隊所到之处，剝削階级之殘
餘紛紛起而為德軍服务，向人
民倒算，則更甚一点痕跡也沒
有了。間或有数个镜頭写普通
士兵之勇敢，然亦此亦為臨危拚

命之本创的反抗，看不见它的阶级意识，写普通苏联人民的镜头几乎没有，即有之，也只写对敌人之民族主义的仇恨，丝毫看不见阶级意识、阶级仇恨。把苏德战争之阶级意义完全抹煞，而这，本来是最重要的，只强调民族主义，是此片之又一特点。作者、编导之堕落，於此可见，而原作及此片之为苏文艺界大事宣传之对象，又可见整个苏文学界的那两人物，其堕落到何

著程度，令人髮指！十时半，
放映完毕，归家后服药二枚
如例，阅书后一小时后入睡。
五月二十二日，晴，二、三级南
风，廿六度，十五度。
今晨二时、五时各醒一次，五时后
未能再睡，六时许起身，做清洁
工作一小时如例，上午处理杂事
事，阅报参资，中午小睡一小时。
下午处理杂事，阅书，晚七
时赴民族文化宫看西藏戏剧
团庐出之藏话剧不准出生的人。

此為西藏第一个話劇團，演員多如韓士男，学習兩年，有此表演水平，实為难得。惜漢文翻譯（由播音器播送全場）时有听不清处，正如有一波所说，好像從前看電影默片。十时返家，服药二枚如例，於十一时半入睡。

五月二十三日，晴，三、四級南风，廿七度、十八度。

今晨四时许醒来，加服药一枚，此後仍未能酣睡，六时许起身，做清洁工作一小时，上午處理雜

出来，阅报，参资，中午小睡一小时，下午阅书，小钢小宁来家，晚饭，阅电视至九时，又阅书至十时，服药二枚，半小时后入睡，

五月二十四日，星期一，六级东风，晴，廿六度，十五度。

昨入睡后，两小时许即醒，加服门一枚，以后约每两小时即醒一次，五时许不耐再睡，即起身。做清洁工作等一小时如例。上午阅报，参资。中午小睡一小时，下午阅书，晚阅电视至九时许，

服药二枚，又阅书至十时半入睡。

五月廿五日，晴，二、三级南风，廿七度、十四度。

今晨三时、五时各醒一次，五时后不能酣睡。六时许起身，做清洁工作等一小时。上午处理杂事，写冰清春暖读后感，阅报、参考。中午小睡一小时。下午续写读后感完。阅书刊。晚阅书至九时，服药二枚后卧，又阅书至十一时入睡。

五月廿三日，晴，二、三级南风，廿八度、十七度。

今晨三时许醒来，加服M一枚，此后虽再睡着了，然而不熟。五时又醒，此后朦胧至六时，即起身。做清洁工作一小时如例。上午处理杂事，阅《南方来信》，此为越南外文出版社印本，作协定明日下午座谈此书，并广为宣传。阅报，参资。中午小睡一小时。下午续阅《南方来信》完。晚到古荡戏曲研究院看連排京剧「红旂谱」、（反對耶稣的一段），十一时返家。服藥二枚，於十二时许入睡。

五月廿日，晴，二、三级南風，廿七度、十四度。

今晨四时醒来，即不能再酣睡，朦胧至六时许起身，做清洁工作，寿如倒。上午處理雜事，知葛井观去世（昨日中午十二时五十五分）。阅报，参資。中午小睡一小时，不熟。下午六时半赴北京医院对葛井观遺体告別。二时五十分到國際俱樂部主持「南方來信」座談會，共三十餘人，發言者十人。越南使館到參贊等三人。六时赴阿富汗大使為阿國庆举行之招待會。七时許返家。今日上午大便後脫肛，整天未復原狀，十分狼狈，晚閱電視一小时，九时半服藥二枚，閱文件若干，於十一时半入睡。

五月廿八日，晴，二、三，夜南风，卅度，十六度。

今晨依然三时、五时各醒一次，五时后未再酣睡，六时许起身，做清洁工作等一小时。上午处理杂公事，阅报，参资，中午小睡一小时。下午处理杂公事，覆信，阅书。晚阅电视一小时许，又阅书至十时，服药二枚，於十一时许入睡。

五月廿九日，晴，二三级南风，卅度，十八度。

今晨六时许即醒，加服川
一枚，旋又入睡。五时许又醒，
则不能再睡矣。腾挪至七
时许起身。做清洁作事
一小时即倒。上午阅报，九时半
赴卫生部，盖公祭萧井观于
此举行也。原定十时公祭，不
意高压电线出了毛病，延半
小时举行，仍无电，不用扩音
器。十时三刻，礼毕，往八宝山。
一路车行甚慢，此为出殡之规

矩，蓋亦仿自歐洲資產階級生活方式，至今未革除也。本來亦要十五分至二十分鐘的行程竟走了一小时又十分。至陈供昊，參哀樂，儀畢，僅七、八分鐘。回程車速正常，返抵家时为十二时十分。午飯後閱參資。竟不能睡。然而甚倦，下午休息，處理雜事。晚閱塵硯一小时，又閱書至十时服藥二枚如例，再閱書至十二时許入睡。

五月卅日，晴，三、四级南风，
廿九度，十六度。
今晨三时、五时各醒一次，五
时加服门一枚，又睡至六时起
身，做清洁工作等一小时，如
例。上午九时，部务会议，十二时
散会。中午小睡一小时，下午
阅报，参资。晚阅电视至九
时半，又阅书至十时半，服药
二枚如例，又阅书至十二时入
睡。小钢小军来晚餐，洗澡

等分继例，七时许去。

五月卅日，晴，三、四级南风，卅度，十八度。

今晨三时、五时各醒一次，加服川一枚，睡至七时许又醒，甚倦，然不可不起身矣。做清洁工作等一小时。上午阅报，参资。中午小睡一小时，下午处理杂事。晚阅电视一小时，又阅书至十时，服药二枚，于十一时许入睡。

一九六四年六月一日，晨有小雨，九时后转大，旋即停止。三、四级南风，午后气温降低。廿八度，十六度。

今晨三、五时各醒一次如例。加服门一枚，六时又醒，即起身，做清洁工作等一小时如例。上午处理杂事，阅报，参资。中午服例安眠，偃卧一小时许而已。二时赴机场，为欢迎也门萨拉勒总统也。机场风大，夏装者均感寒慄，许多人都穿上雨衣，四时许返抵家，阅书，处理杂事，晚阅书至九时，服药二枚，於十时半入睡。

五月二日，晴，二、三级北风转南风，如昨，但实际较热。今晨一时半即醒，加服门一枚，四时半又醒，此后不能酣睡，六时许又醒，即起身，做清洁工作等一小时，照例，上午处理杂事，阅报，参资，中午小睡一小时，下午处理杂事，理髮。晚七时赴人大會堂，列主席為欢迎薩拉勒举行宴會。十时许返家。服藥二枚，閱书至十二时许入睡。加服S一枚。

六月三日，晴，三、四級北风即轉南风，卅一度，十五度。

今晨四时许醒来又睡至五时三刻，又醒。六时一刻起身，盥畢，做清洁工作等如例。上午處理雜事，閱报、参資。

中午小睡一小时。下午處理

雜文事，覆信，閱书，晚七时半到人大，盖八时有各系部及对外文协出面欢迎薩拉特之晚会也，十时半返家，服药二枚如例，閱书至十一时半入睡。

二月四日，晴间阴，三、四级南风，卅三度、十六度。

今晨三时、五时各醒一次，加服门一枚，六时许又醒，即起身，做清洁工作等一小时后例，上午處理雜事，閱報，參資，中午小睡一小時，下午閱書，晚六時赴旧聯大使為世門迭院薩招待訪華而舉行之冷餐招待會，與人大郭隱歷。十時半返家，服藥二枚，於十二時半入睡。

六月五日，晴，三、四級南風，後轉北。卅四度、十六度。

今晨三時、五時各醒一次，加服Ⅲ一枚，六時又醒，即起身，

功畢。做清洁工作等一小时。上
午處理雜亂事，閱报、參資。
下午一时赴人大會堂，一九六四
年京劇现代戲观摩演出在
此舉行開幕式，全致開幕
词，陸定一副总理講話，周信
芳及另一青年演员(北京的)代
表演出單位致词。共约一小时
事即告結束。處理雜亂事，閱
報。晚七时半在民族文化宮看
上海演出團演出智取威虎

山，十一时许返家，服药二枚，又
阅书至十二时许入睡。
六月六日，晴，傍晚有小雨
即止，三、四级北风转南风，卅度，
十六度，
今晨三时、五时各醒一次，加服
〃一枚，五时后又酣睡，六时许
起身，做清洁工作等一小时后
例。上午处理杂事，阅报，九十
时陆定一副总理接见农村电
影发行放映会议代表（九十九人）
并讲话，奉命陪见。十二时半

返家。中午小睡一小时许，阅参资。下午三时赴人大听驻老挝刘春大使报告老挝情况。五时二十分完，旋即赴瑞典大使之国庆招待会。六时许有十分钟的阵雨。七时许返家。与钢小宁已共吃饭。晚阅电视至十时半，服药二枚如例，又阅书至十二时许入睡。

六月七日，晴，有小阵雨，三级北风转南风，廿八度，十六度，晚八时许风大作，无雨。
今晨三时、五时又醒，五时后未再酣睡，六时许起身，做清洁工作一小时始倒。上午阅报参资，处理来信。中午小睡一小时。下午阅报刊。今日为星期，晚阅书刊至十时，服药二枚始倒，於十二时许入睡。
六月八日，晴，三、四级北风转南风，卅度、二十度、
今晨二时许醒来，加服M

一枚，四时许又醒，此后即不能酣睡，六时许起身，做清洁工作等。七时，上午處理雜公事，閱報，参資。中午午睡半小时。下午處理雜公事，閱書。五时赴越南大使館之酒會，今日為越國慶日。六时半返家。七时十分赴人民劇場看奇襲白虎團京劇。十一时许返抵家，服藥二枚，十二时许入睡。

六月九日，阴，三、四级北风

转南风，先度，十七度。

今晨二时、四时各醒一次，加服

眠一枚，六时许又醒，即起身，

做清洁工作等一小时。上午处

理杂七事，阅报，参资。中午

小睡一小时。下午处理杂事，

阅书。五时赴出席国务院全

体会议，七时出席世门医院

告别宴会在人大宴会厅，十

时半返家，服药二枚，又阅

于夜十一时许入睡。

六月十日，阴，午后有阵雨，三、四级北风，转南风，廿八度、十五度。

今晨三、五时各醒一次，加服M一枚，六时许起身，做清洁工作一小时多例，上午处理杂事，阅报、参资。中午小睡片刻。由於上午洗澡时摔了一交，甚痛，不能行动，於十时许到北京医院，烤了电，照X光透摄剧，到十二时才始归，更增疲劳。下午三时才出席国际俱乐部召开之在京外国作家座谈会（他们都是参加外文出版局及其他部门之专家），谈他们对世界文学给予助力。七时许散会。晚阅电视一小时。由此挫伤比上次严重，整夜未能安睡，余亦只睡四、五小时。服安眠药加倍。

六月十二日，晴，下午有小阵雨。三、四级北转南风，卅度。

十六夜。

今晨三、五时各醒一次，此后即未能再睡，六时起身，做清洁工作一小时多，倒。由此腰臀部位痛剧，在家治疗不便，好容易说服她进医院。但余八时许须赴机场欢迎也门总统率领之代表团，故将由北进医院之事托孙婉玲办理。也门总统一行于九时许乘机离京，一小时后，坦葛尼喀、桑给巴尔政府代表又到。十二时许

离机场，余于十一时半抵家，
则述出他进院之初步（阳诊
还有十曼）尚未归来。十二时许
十曼来，谓检视昨所拍照片，
知第三脊椎骨受压形偏，须
仰病卧床一、二月不动方能复原。
现只照太阳灯，尚无其它办法。
中午小睡一小时。下午三时接
见法国大使佩耶，四时许辞
去。旋即赴北京医院探视
出他，乃与另一病人同住一室，

甚局促。时方為照太陽灯。又找医生詢問，謂須照片看，該椎脊骨壓扁了三分之一，不能復原，仍一個半月內或可起床，以後步履恐不正常。五时半返家。六时赴北京医院出席尼泊尔國慶招待會，七时半赴人大，周總理為歡迎坦、桑代表團舉行宴會，十时半返家，服藥二枚，閱參考資料、日報等，至十二时入睡。

六月十六日，晴，有小陣雨，

三、夜半南风转北风，卅度、廿七度、

今晨五时许醒来，不料再睡，卧，偃至六时起身，做清洁工作毕一小时如例：上午处理杂事，阅报，参资。中午小睡一小时。下午处理杂事，三时去赴北京医院探视法比病状依然，惟晤一骨科专家，（上午曾会诊法比病状），则谓西医设法增加理疗，希望

一、二星期后可以起床十四走动，晚七时携小钢、小宁到芭蕾舞蹈学校看学期终了的汇报演出，十时许返家，服药二枚如例，阅书至十一时许入睡。

一月十三日，晴，三、四级北风转南风，廿度、十六度。

今晨三时、五时各醒一次，加服川一枚，乃时许又醒，即起身，做清洁工作一小时多如例。

上午处理杂事，阅报，参

资。中午小睡一小时。下午阅书，处理杂事，晚八时在人大小礼堂偕坤等、寻贵宾观看京剧。十时许返家，服药二枚，於十一时许入睡。

一月十四日，晴，三、四级北风转南风，卅度、十五度。

今晨一时许即醒，加服门一枚，睡至五时许又醒，不能再睡。约半小时后始又睡着，六时卅分又醒，即起身做清洁工作等了一时半倒。上午阅报，参资。
倦甚，靠躺睡未一时。中午小
睡安，仅未一时许，即不能再
睡。下午处理杂事。晚七时半在
民族宫看内蒙京剧团演出
现代戏草原英雄小姊妹。十时
半返家，服药二枚，於十一时许
入睡。

六月十五日，晴，三十四度，南
风，廿二度、十七度。

今晨三时、五时各醒一次，加

服D一枚，3时又醒，6起身，做
清洁工作一小时。上午处理杂
事，阅报，参阅。十二时赴人
大会堂，出席外国国家
驻华使节为吉民国举行
之午餐会。两时许离华返家，
小睡二十分钟，下午处理杂公
事。五时赴北京医院看望徒
止，五时半接见智利诗人罗
卡（年七十），并欢宴，赴牛津归国，
晚九时半返家，服药二枚，又加5
一枚。于十二时半入睡。

七月十七日，晴，多云，三、四级北转南风，卅二度、廿六度。

今晨五时许醒来，到单，然后再酣睡。挨至七时许起身，做清洁工作一小时如例。上午处理杂事，抽阅唐敬杲寄来之原稿《嘉言录选辑》并写覆信。此稿系抄西俗，分类甚细，而割裂原文，不免断章取义，无出版价值。唐此信给我与胡愈之，而胡方出國，本月底始可歸來，因將译稿及我之覆信副本匯交胡的秘书保存，待胡歸看后发落。阅报、参资。中午小睡一小时。下午處理雜事，阅书。七时十分赴人大出席卡瓦瓦之告别宴会。十时许返家，服藥二枚，又阅书至十二时入睡。

六月十七日，晴，四、五級大風，東南向，午後陰，闷热，卅六度，二十度。

今晨四时许醒来，又睡至六时许，又醒，即起身。做清洁工作等一小时如例。七时卅分赴机场欢迎坦桑联合共和国政府代表团，八时卅分举行仪式，九时起飞，十时许余返抵家，处理杂事，阅报。中午小睡一小时，下午阅参资。五时到北京医院看望陈此。七时十分赴天桥剧场看陕西京剧团演出现代戏延安軍民，十一时返家，服藥二枚，於十二时许入睡。

六月十一日，陰，四、五级西北风，时有小雨，陡凉爽。廿一度、十八度。

今晨三时、五时各醒一次，加服门一枚，六时又醒，即起身。做清洁工作等一小时。上午處理雜事，阅報，参資。中午小睡一小时。下午三时赴人大常委會议。

耽王

炳南报告波兰情势。五时返家，晚阅电视至九时许，服药二枚，阅书至十二时半入睡。

六月十九日，晴，三至四级北风转南风，廿九度、十六度。

今晨四时许醒来，加服片一枚，但未能再熟睡，朦胧至六时起身，做庭院工作等一小时。上午处理杂公事，阅报，参资，琴秋来谈至十時許辭去。中午小睡一小時。
下午二時半理髮，三時半赴
北京醫院看鍾惠瀾，又看望
陳叔通，陳因坐車震動
傷脊椎骨，在院療治將兩月，
今漸能起坐矣。五時許
返家，閱文件。七時十分赴人
大，陪客於新疆廳宴請馬
里政府代表團。十時半返家。
服藥二枚如例，於十二時半
入睡。午後四時許雷陣雨，間冰
雹，五時半後轉晴。

六月二十日，晴，三至四级北风转南风，卅度、十七度。

今晨四时许醒来，加服川一枚，朦胧至五时许起身做清洁工作等一小时。上午处理杂公事，阅报，参资。中午小睡一小时。下午处理杂公事，阅书。晚七时十分赴人大三楼小礼堂，为马里政府代表团举行之京戏晚会由此举，华陪看戏。十一时返家，服

藥二枚，半小時後入睡，

六月二十六日，晴，二、三級南風，轉北風，卅三度，十七度，

今晨三時，五時各醒一次，五時後不能再睡，六時起床，做清潔工作等，五小時後倒，上午處理雜事，閱報，參資，中午小睡一小時，下午四時赴北京醫院看望曲比，霸，楚及小鋼，小寧同去，以後陪修丁之華和王德飛，五時半返家，七時半

赴民族宫看雲南京劇團演出
現代戲黛諾，此劇藝術論甚
佳，十一時許返家，服藥二枚，
閱書至十二時許入睡。
六月二十二日，晴，午後甚悶
熱，三、四級南轉北風，卅五度，
二十度。
今晨三時、五時各醒一次，加服
川一枚，六時又睡至七時起身，做
清潔工作一小時如例，上午
處理雜公事，閱報，參資，中
午小睡一小時，下午處理雜

下午，阅书。晚七时十分起广播
电台为纪念日内瓦会议十周年
对越南人民广播预先录音。
(写)八时半抵家。阅书至十时，服
药二枚，即倒，於十一时许入睡。
二月二十三日，晴。三、四级北
转南风。卅五度、廿度。
今晨二时，四时各醒一次，二时
醒后加服门一枚，四时醒后久久
始再入睡，至六时中段又醒。五
时半起身，做清洁工作等

一小时如例，上午处理杂事，阅报、参资。中午小睡一小时。下午二时半赴大会堂北厅，总理对参加京剧现代戏主要演员及各剧团负责人等（共约三百人）讲话。七时半散会。八时许返抵家。晚看电视一小时，又阅书一小时，服药二枚如例，又阅书一小时，了无睡意，乃加服S一枚，凡於十时半入睡。天气预报，傍晚有阵雨，但八—九时间有大风、雷，但无雨。甚闷热。

六月廿四日，晴，多云，午后二时许大风（西北），骤大雨并数粒，如此而已，竟无预报中之阵雨，卅五度，二十度，

今晨三时，五时各醒一次，加服门一枚，六时又醒，即起身，做清洁工作一小时如例，上午处理杂事，阅报，参资，中午小睡一小时，下午三时赴北京医院看陆化，据称痛已大减，惟仍不耐

自己起坐，四时追抵家，處理雜事，閱书，五时半赴人大會堂，馬里大使為歡迎馬里政府代表團出訪歸程舉宴會，八时半宴會完畢，返家，閱電到十时，服藥三枚，天熱，不能安枕，閱书到十二时许入睡。

六月廿五日，晴，三、四级北轉南風，卅六度、廿度。

今晨四时许醒来，加服M

一枚、六时许又醒，即起身，做清洁工作一小时。上午处理杂事，阅报、参资。中午小睡一小时。下午二时四十分赴政协，出席首都各界人民支持朝鲜人民要求美国侵略军撤出南朝鲜和统一祖国斗争大会，并在会上代表起义将领讲话。朝鲜大使讲话后通过决议电，放映朝鲜电影。六时返家，七时半去本部小放映室看苏（白俄罗斯制片厂）片《小英雄》（彩色）。此片表现苏德战争，尚可。较之苏方之吹之捧之修正主义影片，高明得多，但苏方对此片甚为漠视。十时许返家，服药二枚，阅书至十二时半入睡。

六月廿六日，多云，傍晚见夕阳，六三级北转南风，卅二、廿二度。今晨三时许醒来，加服（一枚，五时又醒，少刻再睡，朦胧至六时许起身，做清洁工作十一时如例。上午處理雜公事，阅报，参资。中午小睡一小时。下午三时赴北京看[illegible]，回时返抵家。處理雜事，晚阅電视，至十时许，服药二枚如例，又阅书至十二时入睡。

二月廿七日，晴，有时多云，预报傍晚有阵雨，然而没有。二、三级北转南风，廿度、廿二度。

今晨三时、五时各醒一次，五

时仍寒未熟睡，六时起身。做
清洁工作等，七时如例。上
午处理杂事，阅报、参资。
中午小睡一小时。下午三时赴
政协礼堂，主持唐玄奘逝世
一千三百周年纪念大会，有外
宾十二人在会上讲话，五时散会。
晚七时许同晖及小钢等在天
桥剧场看新编京剧《团圆
出红岩》，十时许返家，服药二
枚，阅书到十二时许入睡。

六月廿六日，晴，二、三級北轉南風，極热，卅五度、卅三度。今晨五時許醒來，即又睡，至未酣，然直至七时又醒，即起身，做清洁衣等一小时多，倒。上午處理雜事，閱報、參資。中午小睡一小时。下午三时赴北京医院看神经化。四时返家。今日為星期，小鋼等来吃晚飯，玩至八时去。閱電視一小时。又閱书至十时服藥二枚，又阅书，仍十二时入睡。

八月廿九日，阴，二、三级北转南风，卅度，廿二度，甚为闷热，夜九时后有雨，惜少时即止，然而闷热如故。

今晨四时后三刻醒来，此后即未能再睡，朦胧半小时而已。五时半起身，做清洁工作等一小时。上午处理杂事，覆信五封，阅报，参观。中午小睡一小时。下午处理杂事，阅书。晚看京剧草厍雨兄弟，在民族宫演出。十时半返家。服药三枚，阅书至十一时半入睡。

六月廿日，阴，有雨，时雨时晴，二、三级东南风，闷热，但室外则凉快多矣。卅二、廿五度。今晨三时许醒来，加服Ⅲ一枚，五时许又醒，此后半矇酣睡，然而膀胱至六时半起身，做清洁卫生一小时如例。上午处理杂事，覆信，阅报，参资。中午小睡一小时。下午三时赴北京医院看强宝地、處理雜公事、阅书等々。晚阅電視至十时許，服藥二枚、又阅书至十一时半入睡。

一九六四年七月一日，晴，雨多雲，二、三級東南風轉北風，卅六度，二十度。

今晨五時許醒來，旋又睡了一小時。六時許起身，做清潔工作等一小時。上午處理雜公事，閱報，參資。中午小睡一小時。下午三時赴人大會堂，京劇現代戲觀摩演出大會請彭真講話。七時返家。晚閱電視至九時，又閱书至十時，服藥二枚，於十一時許入睡。

七月二日，晴，多云，二、三级北转南风，卅五度、廿七度、今晨三时，五时各醒一次，五时自动醒，六时起身，做清洁工作费一小时各例。上午处理杂公事，阅报，参省。中午小睡一小时。天热，睡不安枕。下午三时赴北京医院看望浏沚，四时许理发，五时半返家。晚七时许赴天桥剧场看河南京剧团演出好媳婦、掩护、仁管家。十一时许返抵家。服藥二枚如例，又阅书至十二时半入睡。

七月三日，晴，轉多云，午后大风，最大达四级、卅五度、卅二度。午后三时有雨，入晚轉大。

今晨四时许醒来，加服M一枚，六时许又醒，即起身，做清洁工作等一小时如例。八时半赴阜外新華北厂開部务会议，听取访日印刷代表团之报告，并参观摆在该厂三楼之日本印刷技術资料展览，出版局某语，中国印刷技術落后於日本約十年。十二时返抵家，中午小睡。天热，时醒。下午阅报，参资，六时半為欢迎越南话剧藝術干部代表團（来我国学習排演霓虹灯下的哨兵的）並對係举行冷餐晚會。八时许返家。服藥二枚，又阅书至十二时以后入睡。

七月四日，阴，时续有雨，二、三间四级南风，卅度、廿度。今晨四时许醒来，因又断断续续睡至七时起身，做清洁工作并一小时如例（今晨零时曾有较大之雨，但仍闷热；特别是我的卧室，我家二楼房低，每比别家热些）。阅报、参资。处理杂公事。中午小睡一小时，下午三时赴北京看望佳胜，晚看京剧现代戏红灯记。

甚为精采、袁世海之鸠山、李少春之李玉和、高玉倩之李奶奶、刘长瑜之李铁梅、唐博宁袁、编剧亦颇紧凑、吸收话剧及电影手法、融合无间。十时许返抵家、服药二枚、阅文件至十二时半入睡、

七月五日、多云、闷热、二三级北转南风、卅六、廿一度、

今晨四时许醒来、加服门一枚、又睡至六时半、起身、做清洁、作操一小时如例、上午

處理雜事，閱报，参資。中午小睡一小时许，下午閱书，修日為早期，晚办钢筆事，八时许去。晚閱電視一小时，又閱书至九时半服藥二枚如例，十时半入睡。晚昨夜今晨时洒小雨，但仍闷热。

七月六日，陰，时有小雨，二十三度，南转北风，卅度，廿五度，仍闷热。

今晨三时，四时各醒一次，加服川一枚，六时又醒，此又朦胧睡去，七时许又醒，即起身，做清洁工作等一小时多，例，上午处理杂公事，阅报、参资，中午小睡一小时。下午三时至北京医院看望陆比，即办出院手续，四时返抵家，处理杂事。晚阅书至九时，服药二枚，至又阅书，十时半入睡。

今日虽时有小雨，但空气仍闷热。

七月七日，阴，时洒小雨，二、三级南风北转，廿三、廿度。

今晨一時、四時各醒一次、五時又醒、未再酣睡、五時三刻起身、做清潔工作一小時如例、上午處理雜事、閱報、參資、今日天凉、但甚感疲勞、中午小睡一小時、下午處理雜事、覆信、晚閱電視至九時來服藥二枚、又閱書至十時入睡、

七月八日、晴、二、三級北轉南風、卅度、廿三度、

今晨四時許醒來、加服M

一枚，六时许又醒，即起身，做清
洁工作等一小时，上午處理雜
务事，閱报，参資，中午小睡
一小时，下午處理雜事，閱
书刊，晚閱電視至九时末服
藥二枚，又閱书至十一时入睡，

七月九日，晴，三、四级东
北风，卅五度，廿三度，

今晨四时许醒来，加服
以一枚，又朦胧睡去，至六
时又醒，即起身，做清洁

昨一切如例，上午处理杂事，作字，阅报，中午未例睡着，只朦胧一二十分钟，下午阅参考，处理杂事，晚阅电视至十时半，服药二枚，又阅书至十时半入睡。

七月十日，晴，午后多云，东北风大作，然而无雨。二、三级有时四级风，卅六度，廿六度。

今晨三时醒来，加服门一枚，

五时又醒，此后即未酣睡，六时
许起身，做清洁工作一小时后
倒，上午处理杂事，阅报，
参资。中午小睡一小时，下午
处理杂事，阅书刊。晚阅
电视至九时许，服药二枚后
倒，又阅书至十一时许入睡。

七月十六日，晴，有时多云，
东南风甚大，三、四级，入晚稍
觉凉快。卅三度，廿度。

今晨三时，五时各醒一次，三时

醒后加服N一枚，仍久久不能入睡，乃再加服S一枚，但五时许仍能醒来，此后未能酣睡。六时许起身，上午处理杂事，阅报、参资。中午小睡一小时。下午处理杂事，阅书刊。晚阅电视至十时，服药二枚如例，又阅刊物至十二时许入睡。今日上午九时许大便后脱肛，至晚仍未恢复，排后污裤，十分狼狈。

七月十二日，多云，二、三级北风转南风，卅一、廿六度。

今晨三时、五时各醒一次，五时后又睡至六时许，起身，做清洁工作等一小时如例。上午处理杂事，覆信，阅报，参资。中午小睡一小时。下午阅书刊。今日为星期，小钢等来晚饭。晚阅电视至十时半，服药二枚如例，又阅书一小时入睡。晚五时许，大雨来时，夜间有小雨。

七月十三日，阴雨自晨起绵绵不止。二、三级东南风。卅三度、二十三度。

今晨四时半醒来，加服门一

校，继而未能成眠，朦胧至三时
起身，做清洁工作等一小时
如例。上午处理杂事，阅报、
参资。中午小睡一小时，下午
处理杂事，阅书刊，晚阅书
刊至八时，旋听广播至十二时，服药，校如例，于
十二时半入睡。今日因雨，较为
凉快，但各间屋子不同，余之卧
室仍为最热之一间。

七月十四日，晴，多云，一、二
级东南风，转北风，卅、廿度。
今晨三时醒来，有不能再睡

之勢，因昨夜听廣播九評，興
奮了，影响睡眠，於是加服S
一粒，但五时許又醒，頭暈，但不
敢再酣睡，朦朧至六时起身，
做清潔工作等一小时多例，上
午處理雜公事，閱報，参览。
中午未能入睡，僅偃臥一小时
而已。下午三时半赴政協礼堂
出席首都各界庆祝击落美
蒋U2飛机大會，六时十五分赴
法大使館為法國庆举行之

招待會。八時許返家，閱電視至九時許，服藥二枚如例，又閱書至十時許入睡。

七月十五日，陰，午後有雨，二、三級東南風，廿九度、廿度。

今晨三時醒來，加服II一枚，五時又醒，未再熟睡，七時起身，做清潔工作等一小時如例。上午處理雜事，閱報、參資。中午小睡一小時，下午三時赴人大常委听取我派往馬里的農業專家談在彼處工作情况。李家三人分别请帮助馬里種植茶葉、甘蔗、水稻三方面，極爲动感人。五时许返家。晚阅電視至九时许，服藥二枚，又阅书至十一时许入睡。

七月十六日，晴，间多雲，二、三级东南风，卅二度、廿三度。預报傍晚有陣雨，然而竟无。

今晨二时即醒，加服川一枚，但未得一小时许即醒一次。五时半又醒，未能再睡，六时起身，做清洁工作一小时如例。上午處理雜事，閱报，參資。中午小睡一小时。下午處理雜事，閱書刊。晚七时半携小蔚到人民劇場看現代京劇杜鵑山，十时半返家，服藥之枚如例，又閱书至十一时入睡。

七月十七日，晴多雲，預报有陣雨，然而无有，（或者郊區有）。二、三級东南风，卅五、廿八度。

今晨三时五时各醒一次，加服川一枚，五时后未能酣睡。六时起身，做清洁工作等一小时如例。

上午处理杂事，覆信两封。

阅报，参资。中午小睡一小时。

下午阅书刊。四时半赴人大，

毛主席及总理等将于五时接

见京剧现代戏会演全体人员

并拍照。四时四十分我到人大宴

会厅时，见高架上早已站满了

人，团团一圈，若人墙。我和其他同

志十余人站上海西厅等候。五时

许毛主席到，五时二十分许，毛主席、周总理等

来（总理刚与外宾会谈完），

旋即至宴会厅摄影，三时返抵家。晚阅电视至九时，看故事片青山焉未终而止（此片导演、演员无可责难，但奈剧情平庸），使人欲睡，服药二枚如例，旋又阅书至十时入睡。

七月十八日，晴多云，二、三级东南风，卅二度、廿三度。昨夜及今晨甚凉快。

今晨四时即醒，加服S一枚，则来三时、五时又各醒一次，乃渗渗然，六时醒来尚有些微

晕眩。上午做清洁工作。十时照
例。十一时，胡愈之、匠拔访问
罗马尼亚经过。十二时散会。中午小睡一小时。
下午阅报、参资。三时赴机场
欢迎越南保卫和平委员会、越
南西北人民团结委员会代表
团及择善豪率领的越南南
方民族解放阵线代表团。飞
机迟到二十多钟。四时许始到。
五时理发。六时卅分赴人大出席
我方十三个人民团体欢迎越南
代表团之宴会。九时许返抵

家，服药二枚，阅文件若干，於十时许入睡。

七月十九日，晴，有时多云，二、三级东南风，卅三、廿度。

今晨三时醒来，加服门一枚，五时又醒，旋又睡至六时半起身，做清洁工作等一小时，如例。上午阅报，参资，处理杂公事，中午小睡一小时，下午阅书刊。今日为星期，小钢等来晚餐。晚阅电视至九时许，服药二枚，又阅书至十时未入睡。

七月二十日，陰，有时陽光燦爛。預报有雨，我看没有。三、四级东南风，卅一度，廿六度。

今晨三时，五时各醒一次，加服门一枚，然后五时后不能再睡。挨到七时起身，做清洁工作，事一刻时又倒。上午阅报，九时赴国务全体会议，十时毕，返家阅参资。中午十一时睡，仍未十一时。二时赴人大，支援越南人民抗美爱国斗争大会将于二时半举行，我为大会主席。六时许大会结束，又陪同家人观看文艺演出，直至八时许返家，甚为疲劳，晚阅各文艺刊等，十时服药二枚，如例，又阅另文艺刊，至十一时尚无睡意，乃加服S一枚，旋即入睡。

七月二十日，阴雨，二、三级东南风，廿度、卅度，午后雨颇大。

今晨五时醒来，后又睡至六时许起身，做清洁工作等如例，上午处理杂事，阅报，参资。中午小睡一小时，下午处理杂事，发信，阅刊，晚阅电视五十时，服安定二枚，於十一时许入睡。

七月二十二日，阴，有小雨，下午微有南风，卅度、廿度。今晨~~五时~~三时又醒一次，加服门一枚，五时后不能酣睡，朦胧至七时许起身，做清洁工作等一小时。如例，上午处理杂公事，阅报，参资，中午小睡一小时。下午处理杂务事。六时，赴波使馆为波兰节（国庆二十周年）举行之酒会。七时半返家，阅电视一小时许，复阅书刊，至十时，服药二枚，于十时许入睡。

七月二十三日，多云间晴，三、四级南转北风，廿三、廿度。

今晨二时即醒，加服5一枚，旋于五时醒来，此后未再酣睡，挨至六时许复又入睡，半小时后又醒，即起身，然头脑晕甚。做清洁工作毕又倒，头晕略可。上午处理杂下事，阅报，参

資，中午小睡一小时，下午處理
雜公事，閱书，轉閱熱，六时赴
阿聯使館之招待會，（國
國庆），七时半返家。晚閱電
視至九时末，服藥二枚，又閱
书至十时半入睡。

七月廿四日，多雲，二、三級
东南风，卅三、廿四度。

今晨三时、五时各醒一次，
加服片一枚，六时许又醒，即
起身，做清洁工作一小时

左倒。上午處理雜事，閱报、參資。中午小睡一小时，下午處理雜事，閱书。晚閱電視至十时，服藥二枚，於十一时許入睡。

七月廿八日，晴，多雲，一二級乃至三級東南風，卅一度、廿七度。

今晨三时許醒，後有片刻即睡之勢，因加服Ｓ一枚，五时再醒，頭暈，然而片刻酣睡。

腊臘五時起身，做清洁工作一小时，如例，阅报，九时半赴人大月北厅，听彭真传达报告（关於中共中央工作会议的），一时半返家。晚阅参资等。

晚六时半赴古巴革命节招待会。九时许返家，阅电视至十时，服药二枚如例，因连日大便不畅，又服通大便药一枚，十一时半入睡。

今晚小钢小宁在家晚餐。

八时半回去。

七月廿三日，晴多云，六至三级东南风，卅二度，二十度。

今晨三时，五时各醒一次，加服门一板。六时半又醒，即起身。做清凉之作一小时，又倒。上午十时许即泻一次，此后六时内又泻过两次，但量已极少，此皆昨夜服药所致。

阅报，参资，中午小睡约二小时。下午阅书。晚阅电视十时，服药二枚后倒，又阅书至十一时许入睡。

七月廿七日，阴雨，六级东南风，廿七、廿二度。

今晨六时、五时后醒一次，加服川一枚，七时半又醒，即起身，做清洁工作等一小时后倒，上午处理杂事，阅报、参资，中午小睡一小时。下午三时出席政协双周座谈会，六时返家。晚阅书至十

时服药二枚，於十一时半入
睡。
七月廿八日，晴多云，一、
二级南风，廿八度，二十度。
今晨三时及五时各醒一次，加
服川一枚，五时又醒，即起身，
做清洁工作一小时许，如例。
上午处理杂事，阅报参
资，中午小睡一小时。下午处
理杂事，阅书刊。晚阅
电视至十时，服药二枚，十

两时半入睡。

七月廿九日，晴，有时多云，二、三级南风，卅一、廿二度，夜九时半，狂风骤作，有闪电、雷声，但顷刻即止，无雨。

今晨三时、五时各醒一次，加服门一枚，六时半再醒，即起身，做清洁工作一小时，如厕。上午处理杂事，阅报，参资。中午小睡一小时，下午阅书刊，晚阅电视至十时，服药二枚如例，又阅书至十一时半入睡。

七月廿日，晴，有时多云，二、三级南风，卅三、廿二度。

今晨一时许即醒，加服门一枚，服后凡一小时至一小时半，即醒一次，至六时起身，做清洁工作一小时如例。上午处理杂事，阅报，参资。中午小睡一小时，下午处理杂事，阅书。晚阅电视至十时半，服药二枚，又阅书报十一时半入睡。

七月卅日，晴，多云，二、三级南风，卅度，廿度，下午闷热。

今晨三时、五时各醒一次，六时又醒，即起身，做清洁工作等一小时左右，上午处理杂事，阅报，参资。中午小睡半小时，下午三时半赴展览馆剧场，出席京剧现代戏会演闭幕式，六时返家，七时赴民族宫餐厅，出席欢送中阿合拍之纪录片《并肩前进》之阿

方導演之區會，後又看此影片，十時許返家，服藥二枚如例，又閱書刊到十二時半入睡，一九六四年八月一日，阴雨，一二级东南风，卅度，廿度。傍晚雨势滂沱。今晨三时，五时各醒一次，加服M一枚，六时许又醒，即起身，做清洁工作一小时如例。上午处理杂公事，阅报，参资。中午小睡一小时。下午阅书，处理杂公事。晚阅电视至十时，又服药二枚如例，又阅书至十一时半入睡。

八月二日，晴，多云，二、三级

东南风，卅度，廿度。

今晨三时，五时各醒一次，加服川一枚，六时半又醒，即覺。但不得不起身矣。做清洁工作畢一小时多，倒，上午處理雜务事，閱报，参資。中午小睡一小时。下午閱书刊，小钢弄来吃晚飯，八时许归去。閱電視至十时，服药二枚，又閱书至十一时许入睡。加服S一枚。

八月三日，阴雨，有时甚大雨，

二、三级东风，廿七度、廿度。

昨夜整夜有雨，有时甚大。今晨四时许醒来，加服门一枚，六时半又醒，即起身，做清洁工作一小时如例，上午处理杂事，处信，阅报，参资。中午小睡一小时。下午处理杂事，阅书。晚阅书至十时，服药二枚，于十一时许入睡。

八月四日　上午晴，午后阴，三、四级东南风间北风，夜有小阵雨。

廿度、廿三度。

今晨三时、五时各醒一次，加服门一枚，六时许又醒，即起身。做清洁工作一小时如例。上午處理雜務事，阅报、参資。中午小睡一小时。下午阅书，處理雜務事。晚阅電視至十时，服藥二枚，又阅书至十二时半入睡。

八月五日，上午晴，午后有雷陣雨。二三级南风，卅度卌度。

今晨三时与五时各醒一次，加服川一枚，五时又醒即起身，做清洁工作一小时许。上午處理雜事，閱報，參消，中午小睡一小时。下午閱书，處理雜事。晚閱電閱至九时半，服藥二枚，又閱书至十时半入睡。

八月六日，晴，多雲，預報有雨，然而沒有。潮悶。二、三級北轉南風，四度，廿三度。
今晨二时许醒来，加服门
一枚，五时许再醒，即起身，做
清洁工作一小时如例。上午
處理雜事，阅参资，阅
书。中午小睡半小时。午后阅
报，三时许赴政協出席首都
各界人民支持第十屆禁止原
子彈氫彈世界大會的大會，
五时许返家。晚阅電視至
十时，服藥二枚如例，阅书

半小时，於十二时许入睡。

八月吉，陰，夜间有雨。二、三级北转南风，卅六、廿度。

今晨三时、五时各醒一次，加服片一枚，六时许又醒，即起身，做清洁作事一小时多倒。上午處理雜事，阅报、参资。中午小睡一小时。下午處理雜事。阅书刊。晚阅電視至九时许，服药二枚，又阅书到十时半，加服川一枚，於十二時許入睡。

八月八日，上午晴，午後轉陰，晚七時後有小雨，入夜北轉南風，下雨時有大風。卅四度，廿三度。

今晨四時許醒來，後又睡至五時半起身，做清潔工作一小時如例。上午處理雜事，閱報、參資。中午午睡一小時。下午閱書刊。晚閱書電視至九時，服藥二枚，又閱晚十时半入睡。

八月九日，陰，夜九时许下雨，旋即停止，一、二級北轉南風，廿度、廿二度。

今晨三时、五时各醒一次，加服川一枚，六时许又醒，即起身，做清洁工作一小时如例。上午處理雜事，閱报、參資。中午小睡一小时许，下午三时半赴北京工人体育場出席首都各界人民支持越南人民反对美帝武裝侵略大會（十万人大會、体育場看台外，田径賽場中央擠滿了人），六时大會结束，代表大會召集者等十三國体育有部分群众（共计数千人）遊行至越南駐京大使館，十三國体育有一負責人参加遊行，我代表文聯，七时許返家。今日為星期，娟及大孩等在家晚飯，八时許去。閲電視至九时半，服藥二枚，又閲书至十时半尚无睡意，乃加服S一枚，约於十一时許入睡。

八月十日，陰雨，傍晚放

晴，二、三级北转南风，卅度、
廿六度。
今晨三时、五时各醒一次，加服
门一枚，五时许又醒，即起身做
清洁工作一小时许。上午处理
杂事，阅报，参资。中午小
睡一小时。下午处理杂事，
阅书刊。晚阅书已九时，服
药，夜如例，十时半又加服S
一枚，于十一时许入睡。
八月十一日，晴，二、三级北

转南风，廿七度，廿六度。

今晨二时许即醒，加服M一粒，五时又醒，不耐再睡，朦胧至六时许起身，做清洁作等事，不时，上午處理雜务事，阅报，参资，中午小睡一小时，下午處理雜事，阅书刊，晚阅電视至十时半，服药二粒，又阅书至十一时半入睡。

八月十二日，阴，夜间有雨，

六、夜級北轉南風，廿二度、廿三度、

今晨一時許即醒，加服S一粒，
但此後仍不能酣睡，約二小時
即醒一次，至五時又醒，則不能再
睡矣。昨夜潮悶，此或爲不能
睡好之原因之一。（做）五時起身，
做清潔工作等一小時如例。上
午處理雜事，閱報，參資。
中午未能小睡。上午大便後脘
肚未快適狀，想亦爲中午
不能小睡原因之一。下午處
理雜事，閱書。晚閱電視

至九时许，又阅书至十时，服药二枚，又阅书至十一时仍无睡意，乃加服门一枚，约十一时后入睡。

八月十三日，今晨大雨如注，此四时下时止。六、七级北转南风，卅度，廿二度。

今晨三时许醒来，加服门一枚，五时许又醒，又睡至七时半再醒，即起身。做清洁工作等一小时如例。上午处理杂事，阅报、参资。中午小睡一小时。下午处理杂事，阅书，晚阅电视至九时半，又阅书至十时许服药二枚如例，又阅书至十一时尚无睡意，乃加服S一枚，约半小时后入睡。

六月十四日，阴，夜有小雨。二、三级北转南风，卅六、廿二度。今晨三时、五时各醒一次，六时许又醒，即起身，做清洁工作等一小时如例。上午处理杂事，阅报，参资。中午小睡一小时。下午处理杂事，阅报，

参资。今早午去医院脱肛，久
久不能复原，晚阅电视至十
时，服药二枚，又阅书至十一时
许入睡。
八月十五日，晴，多云，二、三
级北转南风，卅六、卅二度。
今晨三时、五时各醒一次，加服
川一枚，五时後不能酣睡，六时
起身，做清洁工作一小时如例。
上午处理杂事，阅报，参资。
中午小睡一小时。下午处理杂

公事，阅书刊，晚阅电视至九时服药二枚如例，又阅书至十时入睡。

八月十三日，晴，二、三级北转南风，卅六—廿三度。

今晨三时半醒来，加服川一一枚，五时许又醒，厥后未酣睡，六时许起身，做清洁工作一小时如例。上午处理杂公事，阅报，参资。中午小睡一小时。下午阅书刊。晚阅电视至十时，服药二枚如例，於十二时许入睡。今日為星期，翠亭均未晚飡，惟小寧割扁桃腺，赴医院，拟云手術後尚好。

八月十七日，晴多雲，二、三级北轉南风，卅、廿度。

今晨三时、五时各醒一次，加服川一枚，七时许又醒，即起身。做清洁工作一小时如例。上午處理雜事，阅报、参資。中午小睡一小时。下午三时赴机場欢迎秘書遞補之外賓(無、洲、拉日共三十餘人、皆為参加日本反核彈世界大會者)、飛机於四時許始到、四時半離机場、五時許返抵家、六時出席印尼國庆招待會、七時半返家、閱书至九時半、服藥二枚、於十時許入睡。

八月十六日、陰雨、二、三級北轉南风、卅、廿六度。

今晨五時許醒来、(此為最長之一覺、多年来所罕有)、五時

再睡，但仍然偃卧至六时许
起身。做清洁工作等一小时
如例。上午處理雜事，閱報，
參資。中午小睡一小时。下午處
理雜事，閱書。晚六时起加
納大使為慶祝中加友好條約
簽訂三週年舉行之招待會。
七时半返家。閱電視至十时，服
藥二枚，於十一时許入睡。
八月十九日，晴，二三級北轉
南風，卅度，二十六度。

今晨三時、五時各醒一次，服川一枚，六時後不時醒睡，七時許起身，做清潔工作一小時如例。上午處理雜公事，閱報參資。十時赴和大及亞非團結委員會為參加第十屆日本反核彈世界大會後來訪華之二十來個國家和地區之外國來賓舉行之宴會，午後時歸國。小睡約半小時。下午處理雜公事，閱報。晚閱電視至九時許，服藥二枚如例，於十一時許入睡。

八月二十日，陰有雨，二、三級北轉南風，卅度、廿六度。

今晨二時許醒來，加服門一枚，卻久不能再睡，於是再服了一枚，約半小時後入睡，五時許又醒，則打鼾甚，然又不能酣睡矣。宜此與清保同家與又來之女工爭吵甚劇，因此更不能睡，雖然鼻鼾仍劇。換到五時半起身，做清潔工作等一小時如例。

上午八時赴北京醫院檢查，為支氣管炎請求治療之道。

此病自去年冬開始，感覺嚴重以來，即去服施今墨之氣管炎丸，今將一年，未見痊可，反見增劇。經常有痰，而咳不出時，喉中甚癢，有時中午不睡，常因喉癢欲咳而睡不安枕。十時許，從醫院歸來，閱報，參資。中午小睡一小時。下午處理雜少事，閱書。晚閱電視至九時許，服藥之後如例，又閱書至十時許入睡。

八月二十日，晴，多云，二、三北
轉南风，卅度，二十度。
今晨三时许醒来，加服门一
枚，五时许又醒，后来又睡至六时
许，即起身，做清洁工作等一小
时多，例。上午處理雜事，阅
报，参资。中午小睡一小时。下午
處理雜事，阅书。五时出席
罗马尼亚国庆二十周年之招待
會，七时半返家。阅電視至
十时许，服藥二枚，又阅书

至十时许入睡，加服S一枚。

一月二十二日，晴，有时多云，二、三级北转南风，卅、廿度。今晨三时醒后加服N一枚，六时许又醒，即起身，做清洁工作一小时如例，上午处理杂公事，阅报，参资，中午小睡一小时，下午处理杂公事，阅书，晚阅电视至九时半，服药二枚如例，又阅书至十时半入睡。

八月二十三日，阴，有雨，二三级北转南风，卅度，廿度。

今晨一时许即醒，加服八一枚，后来於三时，五时又各醒一次，六时许醒后，於六时卅分起身，做清洁工作一小时后倒。上午阅报，参资。玛亚携二小孩来，谈一小时辞去。中午小睡一小时。下午处理杂事，阅书。昨日小钢小宁来吃晚饭，今日为星期，寻及小钢等均来吃晚饭，九时许回去。晚阅电视至十时末，服药二枚如例，又阅书至十二时入睡。

八月二十四日，清晨有小雨，后晴多云。二、三级北转南风，廿八度，廿度。

今晨三时、五时各醒一次，加服川一枚，七时又醒，即起身，做清洁工作一小时如例。上午处理杂事，阅报，参资。中午小睡一小时。下午三时接见叙利亚新任大使希拉勒·拉斯兰·四时三刻辞去·晚阅书至九时许，服药二枚如例，又阅书至十时半入睡。

八月二十五日，晴，多云，二、三级北转南风，卅度，二十度。

今晨三时醒来，加服门一枚，二十分钟仍无睡意，乃加服S一枚，约十余分钟即入睡，五时再睡醒，取罩，却不利再睡，五时起身，做清洁工作等一刻时。上午處理雜事，阅报、参資。中午小睡一刻时。下午理髮，阅书。晚八时赴越南使館之電影晚會，九时半返家。阅電视一刻时，服藥二枚，又阅书至十二时入睡。

八月廿五日，晴，二、三级北轉南风，卅度，二十度。

今晨三时、五时各醒一次，加服藥一枚，六时又醒，即起身，做清潔工作一刻时左右。上午處理雜事，阅报，参資。中午小睡一少时。下午处理杂事，阅书。

晚阅电视至九时半，服药（但至十一时尚不能睡，乃加服半枚）二枚如例。又阅书至十二时入睡。

七月廿日，阴，有雨，二、三级北转南风，廿六度、廿度。

今晨三时许醒来，仍觉头晕，旋又入睡，五时许又醒，又睡，然而不酣，六时许起身，做清洁工作等一小时如例。上午处理杂事，阅报，参资。中午小睡一小时。下午处理杂事，阅书。晚

阅電視至十时，於十时半入睡，
另於九时許服藥二枚如例）。
八月廿八日，晴，多雲，二、三級
北轉南風，卅度，廿度，傍晚雷雨。
今晨零时許即醒，加服S一
枚，三时又醒，頭暈甚，能向例
加服八一枚，五时又醒，此后即
不能再睡，五时許起身，做清
潔工作一小时如例。上午處理雜
事，閱報，參資。中午小睡一
小时，下午處理雜事，閱书，

晚閱電視至十時，服藥二枚，
又閱書至十一時入睡。
一月廿九日，晴，多雲，二、三級
北轉南風，卅度、廿度。
今晨三時五時各醒一次，六時
起身，做清潔工作等一小時。如
例，上午處理雜事，閱報，
參資。中午小睡一小時，下午
處理雜事，閱書。晚閱電
視至十時半，服藥二枚如例，
於十一時許入睡。

八月廿日，陰，二、三级北轉南风，廿七度，十九度。（此据天气预报，但事实上，午后闷热，室内恐在卅度以上也。）

今晨三时、五时各醒一次，加服D一板，七时许又醒，即起身，做清洁工作等一小时如例。上午處理雜事，阅报，参资。中午小睡一小时许。下午阅书。今日為星期。下午四时许琴秋与独伊同来。琴等於五时许来，琴秋等於晚饭后归去。晚阅電视至九时半，服药二枚，於又阅书至十一时许入睡。

八月廿日，睡间多梦，二、三级北转南风，卅度，廿度，今晨四时许醒来，加服川一枚，六时又醒，即起身。上午处理杂事，阅报，参资。中午小睡一小时。下午处理杂事，阅书，晚阅前至十时，服药二枚，又阅书，不觉至十二时，迫不得酣睡，又加服Ms一枚，至翌晨一时许入睡。

一九六四年九月一日，晴，多云，六级北转南风，卅度、二十度。

昨夜阅书至十一时后加服S一枚，又阅书至今晨一时许入睡，四时许醒一次，五时许又醒，即起身，做清洁工作一小时许。上午处理杂公事，阅报，参资。中午少睡一小时。下午处理杂公事，阅书。

晚阅电视至十时，服药二枚，又阅书至十二时许入睡。

九月二日，晴，多云。六级北转南风，卅度，二十度，午后甚闷热。

今晨一时许醒来，不能再睡至二时半，不得不加服S一枚，三时许入睡，六时又醒，七时半起身，上午处理杂事，阅报，参資，中午小睡一小时半，下午三时接见坦、翠聯合共和國归聯主席兼社會福利、文化部駐议會秘书（等於副部長）碧々·蒂々夫人、談坦方揭派见查来我國学習雜技事。四时许辞去。處理（處雜說）公事、五时赴越南大使為越南独立二十九週年之招待會，七时半返家，阅電視至十时，服藥二枚，又阅书至十二时许入睡。

九月三日，陰，有雨，六

夜北轉南风，卅度，二十二度。

今晨醒来已为六时，此为近来罕见之事，盖已连续睡眠七小时矣。做清洁工作费一小时，如例。上午處理雜公事，阅书、参资。中午小睡一小时。下午處理雜事，阅书。晚阅電视至九时，服藥二枚，又阅书至十一时许入睡。

九月四日，晴，二、三级北轉南风，卅度，廿二度。

今晨一时许即醒，加服门一枚，三时又醒，五时半醒后不能再睡。有轻微头晕。六时许起身，做清洁工作等一小时左例。上午处理办公事，阅报，参览。中午小睡一小时。下午三时接见舟大校。四时许辞去。晚阅电视至十时半，服药二枚，又阅书到十一时半入睡。

九月五日，阴，有雨，二、三级北转南风，卅度，廿度。

今晨三时、七时各醒一次，加服片一枚，五时许起身，做清洁工作等一小时，如厕。

上午处理杂事，阅报，参资。上午大便后脱肛，速去卧床，恢复原状，以至中午不能少睡，直至晚七时许方可。下午处理杂事，阅书。晚七时半赴民族宫听广国钢琴演

秦家彝松·弗印孝瓦的滙
奏，九时四十分又赴法大使館
參加法大使為彝松·弗朗孝
武舉行之宴會，[illegible]各國大使毅
手都被邀請了），因时間太晏，
体力不支，未終席告退·歸家
时已十时半，服藥二枚，於十一
时半入睡，

九月五日，晴，有时多雲，
二、三級北轉南風，廿九度，十
[illegible]度·

今晨三时，五时各醒一次，加服川一粒，七时许又醒，即起身，做清洁工作一小时，上午处理杂事，阅报，来宾，中午小睡一小时，下午阅书，今日为星期，华及二孩子均来晚餐，晚阅电视至十时，服药二粒安倒，又阅书至十二时许入睡。

九月七日，阴，有雨，二、三级北转南风，廿八，十九度。

今晨三时、五时各醒一次，又

时再醒，即起身，做清洁工作

一时半倒，上午处理杂事，

阅报，参资，中午小睡一小时。

下午阅书，三时赴朝鲜使馆

举行之电影招待会，七时许

返家，阅书至十时服药二枚半

倒，至十二时半加服5一枚，十二时

许入睡。

九月廿日，晴，二、三级北转

南风，廿七度，十八度。

今晨三时、五时各醒一次，加

服川一枚，六时许再醒，即起身，做清洁工作一小时如例。上午处理杂事，赴北京医院诊视，阅报，参资。中午小睡一小时，下午阅书，处理杂事，晚七时半赴保加利亚解放二十周年招待会。七时许返家，阅电视至十时，服药二枚，於十一时许入睡。

九月九日，晴，六级北转南风，廿八度，十七度。

今晚四时许醒来，加服川一粒，此后未再酣睡，但仍然睡至七时许，起身，做清洁工作一小时，如例。上午處理雜事，阅报，参資。中午十二时睡一小时。下午處理雜事。阅书。晚六时赴朝鲜國庆招待會，七时半返家。阅電影至十时，服藥二粒，阅书至十一时许入睡。

九月十日，晴，(清晨有雾)

二、三级北轉南风，廿七度，六度。

今晨三时、五时各醒一次，加服以一粒，六时许起身。做清洁工作等一小时如例。上午處理雜事，阅报、参资。中午小睡一小时。下午處理雜事，阅书。晚阅電视至十时，服藥二粒，又阅书至十二时入睡。

九月十一日，晴，晨有雾。二、三级北轉南风，廿七度，十七度。

今晨三时醒来，加服门一枚，六时许又醒，即起身，做清洁作等一小时如例。上午處理雜事，阅报，参资。中午午睡一小时。下午處理雜事，阅书。晚阅電視至十时，服藥二枚，(如)又阅书至十二时许入睡。新换女工今日上工。（此即為二十天前因家中有事而告辭之女工。）

九月十二日，晨六时许有雨，

至九時許始止，雨不大。上午陰，下午有陽光。二、三級北轉南風，廿度，十八度。

今晨零時許入睡，四五時許醒來，又睡至七時許起身，做清潔工作等一小時如例。上午處理雜小事，閱報，參資，中午小睡一小時。下午處理雜小事，閱書。小鋼於五時來，（小寧於四時許來）。晚飯後至九時半始去。晚閱電視

至十时，服药二枚，至阅书
零时尚无睡意，乃加服S一
枚，又阅书，半小时后入睡。

九月十五日，阴间晴，六
级北转南风，廿七度、十八
度。

今晨第一次醒来，已五时
许矣，十余分钟后起身，取
微量。做清洁工作等一小
时如例。上午处理杂事，
阅报，参资。中午小睡一

书付。下午阅书。晚餐与吉薇寿坊来，饭后至九时许去。阅电视至十时许，服药二枚，又阅书至十二时许入睡。

九月十四日，晴，二、三级北转南风，廿七度、十六度。

今晨五时醒来，加服门一枚，又睡了一小时许，起身，做清洁工作等一小时，如例。上午处理杂七事，阅报，参资，中午小睡一小时，下午處理雜事，阅书。晚阅书至十时，服藥二枚，又阅书二十分时入睡。

九月十五日，晴，六、三级北轉南风，廿七度、十六度。

今晨五时许醒来，加服门一枚，但此后未能酣睡，六时许起身，做清洁工作等一小时又倒。上午處理雜公事阅报，参资。中午十一睡一小时，下午三时接见新任锡兰大使陆席尔瓦。五时接见印尼弟里亚达玛空军上将夫人（即女印尼电影检查委员会主席，应夏衍邀请来我国访问）。五时半，夏宴请弟里亚达玛夫人，我亦出席。九时许返家，阅书一小时，服药二板如例，十二时许入睡。

九月十六日，阴，有时露

陽光。二、三級北轉南風、廿六度、十四度。

今晨五時許醒來、加服門一粒、六時許又醒、即起身、做清洁衛等事七時。上午處理雜事、閱報、參消。中午小睡、僅朦朧未入時而已。下午處理雜事、閱書。晚閱電視至十時、服藥之後、又閱書至十二時半入睡。

九月十七日、時時有雨、二

三級北轉南风，廿四度，廿度。

今晨五时许醒来，加服川一枚，六时许又醒，即起身，做清洁工作等一小时，如例，上午處理雜公事，阅报，参資。中午小睡半小时。下午處理雜公事，阅书，晚阅電視到九时许，又阅书到十时，服藥三枚，如例，又阅书到十二时半，加服S一枚，仍半小时后入睡。

九月十六日，阴，有时有小雨，
二、三级北转南风，廿四度、十
四度。

今晨五时许醒来，又睡至六
时许起身，八至九时得实来补附
睡，做唐诗工作事一小时多
倒。上午处理杂事，阅
报，参资。中午小睡一小时。
下午处理杂事，阅报、
参资。晚阅电视至九时
半，服药二枚又倒。又阅

书至十时许入睡、

九月廿九日、阴、二三级北转南风、二十度、十七度、

今晨五时许醒来、即毕、然又不再能酣睡、朦胧至五时许起身、做清洁工作等一小时如例。上午处理杂事、阅报、参宣。中午小睡一小时。下午阅书、晚阅电视至十时、服药二枚如例、又阅书至十二时入睡。

九月二十日，晴。二、三级北转南风。二十度、十二度。

今晨三时、五时各醒一次，五时后不能再睡，朦胧至七时许起身，做清洁工作一小时。上午阅报，吞咽。中午小睡一小时许。下午阅书，晚阅电视至十时许，服药二枚如例，又阅书至十二时入睡。

今日为星期，弟妹二小孩来晚餐。

九月二十日，晴，六、三级北转南风，廿五度，十三度。

今晨五时许醒来，卧又睡至六时，起身，做清洁工作等一小时如例。上午处理杂公事，阅报、参资。中午小睡一小时，下午三时赴北京医院覆诊，盖上次中医李辅仁所开之丸药，已经服完，兹应覆诊。四时许返家，处理杂公事。晚七时半赴天桥剧场看新排之芭蕾舞剧红色娘子军，甚为赞叹，出乎意外之好；然而傲阅专家们窃窃私议，谓其非驴非马。此则非我所喻矣。十时半返抵家，服药二枚，於十二时始入睡。

九月二十六日，晴，六、七级北转南风，五度、十三度。

昨入睡后一小时半即醒，加服药一枚，今晨七时许又醒，即起身，做清洁工作等一小时许。上午处理杂事，阅书、参资、中午小睡一小时、下午处理杂事、阅书、五时半赴马里大使为马里国庆举行之招待会，七时返家、阅电视至九时许、服药二枚、又阅宋书至十一时半入睡。

九月二十三日、阴、二、三级北转南风、廿二度、十三度、

今晨三时、五时各醒一次、五时后不能再熟睡、七时许起身、做清洁工作等一小时许。上

午處理雜事，閱报，参
資。中午小睡一小时许，下
午處理雜事。五时二十分
赴人大會堂，和大及亞洲團结
委員會為越南南方民族陣
解放陣线駐京代表團举
行酒會，邀请一部分代外交
使團及在京外國和平民主
人士與代表團見面。八时许
返家，閱電視至十时半，服

藥二枚，又阅书至翌晨二时
许入睡。
九月二十四日，晴，多雲，二
三級北轉南风，廿二度，十三度。
今晨五时许醒来，后又睡
至七时起身，做清洁工作等
一小时多例。上午處理雜公
事。阅报，参資。中午小睡
一小时。下午處理雜公事，阅
书。晚七时来，坐五道口供

樂部观新排民族舞劇八一女頓，十一时许返家，服藥二枚，阅书一小时许入睡。

九月二十五日，晴，二、三級北轉南風，二十五度，十二度。

今晨五时许醒来，后又睡至六时起身，做清洁工作等一小时多，例，上午處理雜事，阅报、参資，中午小睡半小时，下午處理雜事，阅书。

二时赴越南大使為越南南方民族解放陣線代表團（駐京常設）舉行之招待會，七时許返家，閱電視至九时，又閱书至十时，服藥之後閱书至十二时入睡。

九月二十六日，陰，二、三級北轉南风，廿度、十二度。

今晨五时許醒来，不能再熟睡，七时許起身做廣播体操一小时如例。上午處理雜事，閱報，參資。中午小睡一小時。下午處理雜事，晚閱電視至九時，又閱書至十時半，服藥二枚如例，閱書至十二時許入睡，今日大便后脫肛，久久不能復原，甚為煩惱。

九月二十七日，晴，二－三級北轉南風，以五度、十三度。

今晨五時許醒來，加服川

一枚，然而仍不能酣睡，只朦胧半小时左右而已。五时许起身，做清洁工作半小时。上午阅报、参资。十时半赴机场，为欢迎西哈诺克亲王也。十二时半返抵家。中午小睡一小时。下午阅书。晚七时赴刘主席欢迎西哈诺克亲王之宴会。十一时许返家。服药二枚，阅书至十二时许入睡。今为星期，琴等均来家晚餐。
九月廿六日，晴，六三级北转南风，廿五度、十五度。
今晨五时醒来，未能再酣睡，朦胧至七时未起身，做清洁工作等一小时如例。上午处理杂事来，阅报、参资，十时四十分赴机场欢迎布拉柴维尔刚果总统阿方斯·马桑巴-代巴及其代表团，十二时半返振家，饭后小睡一小时许。下午处理杂事，阅书，六时赴人大主席团主席为欢迎刚果（布）总统所举行之宴会，十时半返振家，服药二枚如例，又阅书至凌晨时，加服S一枚，约十分钟后入睡。

九月廿九日，晴，二三级北转南风，廿六度，十四度。

今晨五時許醒來，又睡至六時半再醒，即起身。上午，做清潔工作半小時如例，處理雜事，閱報，參資。中午半時小睡。下午二時十分赴機場歡迎馬里總統凱塔。四時返抵家，閱書，處理雜事。晚七時赴人大會堂，出席並主席為歡迎馬里總統所舉行之宴會，十時半

返家，服藥二枚如例，朕又
讀書至十二時入睡。
九月廿日，晴，二、三級北
轉南風，溫度、十三度。
今晨五時許醒來，即起
身，做健身工作，等一小時如
例。上午處理雜事，閱報、
來賓。中午接見亞達瑪空軍
上將及夫人並師長便餐，舉
行告別宴會。下午三時許
返家，處理雜事，閱書。

晚七时出席庆祝國庆之國宴。人大宴會廳擠得滿滿的，据説共有七千人，外賓有二千五百人，華僑及港澳代表二千人，餘為標兵、戰斗英雄等等。九时許席散，返家。閱书至十时，服藥之後，又閱书至十二时始入睡。

一九二四年十月一日，阴，上午十时半下了小雨，三时许雨止。晚又雨，较大，约一小时许至九时停止。此后又零有小雨。六、三级北转南风，廿三度、十五度。

今晨七时许醒来，后又睡至八时半起身，做清洁工作等一小时后倒。九时半赴天安门楼，观看庆祝游行。十二时许返家，一时许赴钓鱼台，来陪周总理欢宴摩洛哥国王哈桑二世之代表阿卜杜拉親王及其隨行人員，宴會於二时開始，因路上車輛擁擠，不得早出發，走了半小时多始達。四时返家。閱報，閱書。晚亦閱書，十时服藥三枚，一小时後入睡。

十二月二日，今晨细雨濛濛，近正午时下时止，二、三級北轉南風，二十度、十六度。

今晨五时许醒来，加服M

一枚，五时半又醒，即起身，做清洁工作一小时多。九时一刻赴人大看大型歌舞之最后一次彩排。十二时许返家。中午小睡一小时。下午五时半赴人大安徽厅，参加欢迎印尼总统顾问苏里亚达玛空軍上将及夫人之酒會，七时半返家，阅電视一小时，又阅书至十时，服藥二枚，於十一时许入睡。

十月二十日，晴，二、三级北转南风，廿度、九度。

今晨四时许醒来，加服门一枚，六时许又醒，即起身，做清洁工作一小时多倒。七时四十分赴机场欢送刚哥（布）总统，十时返抵家。阅报、参资。

中午小睡一小时许。三时赴摩洛哥亲王之宴会，（在摩洛哥大使馆），十时许返家。晚八时赴人大小礼堂奉陪外宾观芭蕾舞剧红色娘子军、十时三刻返家，服药二枚，阅书至十二时后入睡。

十月四日，阴，后晴，二、三级北转南风，廿度、十度。

今晨三时、五时各醒一次，加服药一枚，八时许起身，做清洁工作等一小时。上午處理杂事，阅报、参资。中午小睡一小时许。下午三时接见也门新闻代表团团长也门共和國

新闻指導部長史哈迈囯・侯
賽因・馬占旺尼，四时许辞去・
阅书・晚阅书至十时，服藥二
枚如例，二十时后又加服S一枚，
於翌晨二时许入睡・
十月廿日，晴，二、三级北轉
南风，二十度、七度・
今晨六时许醒来，即起身，
做清洁工作等一小时如例・
上午處理雜事，阅报，参
資・中午小睡一小时・下午

處理雜事，閱書，晚閱書至十時，服藥二枚，十一時半入睡。

十月六日，晴，三四級北轉南風，廿一度，七度。

今晨三時醒一次，六時又醒，即起身，做清潔工作，等半小時。七時十分赴東郊機場歡迎外賓（巴基斯坦、越南、哈西諾克親王、緬甸四個國家的代表團），十時許迎接家，阅报，参资。下午一时半赴波兰古使为波兰代表团举行之午宴，三时许返家，阅书，处理杂事。晚阅电视至九时，又阅书至十时，服药二枚，阅书至十一时许入睡。

十月七日，晴，二、三级北转南风，廿度，七度。

今晨五时醒后，又半睡半醒，至六时许起身，做清洁作十一时许。上午處理雜公事，阅报、参資。中午小睡一小时许。下午處理雜公事，阅书，三时赴肯大使為肯十七週年国庆举行之招待會，七时半返家。阅電視一小时，又阅书至十时服藥二枚，至十一时又加二枚，仍半小时即入睡。

十二月八日，陰，下午晴，二、

三級北轉南風，二十度、七度、

今晨五時許醒來，至六時再睡，七時半起身，做清潔工作一小時左右。八時四十分赴机場恭送朝鮮党政代表團，十時半返抵家。閱報，参資。中午小睡一小時。下午處理雜事，閱書。晚閱電視至九時，又閱書至十時，服藥後，移十一時許入睡。

十月九日，陰轉晴，二、三級北轉南風，十七度、七度。

昨入睡后於今晨四時醒來，旋又睡至五時許起身，做清潔工作一小時如例。上午處理雜事，閱報，參資。中午小睡一小時，下午處理雜事，閱書。晚七時赴首都劇場看日本松山芭蕾舞團彩排《祇園祭》，十時許返家，服藥二枚，閱書至十一時半入睡。

十月十一日、阴、二、三级北转南风，十七度、六度。今晨三时、五时多醒一次，加服门一粒，六时许又醒，即起身。做清洁工作等一小时如例。上午处理杂亡事，阅报、参资。中午因阅书失睡。下午处理杂事，阅书。晚阅电视至十时，又阅书至十一时，服药二粒，未刻即睡，又閱书，二小时后加服S一枚，半小时后入睡。

十月十二日，阴，二、三级北转南风，十六度，十度。

今晨五时许即醒，计仅睡四小时许，甚倦，然亦未能再睡。六时许起身，做清洁工作，费一小时始倒。八时赴白卿机场看航空表演，一家都去，惟小钢因去教業餘游泳，未刻同去。

表演甚精采，十二时半返抵家，饭后少睡，阅报，参资，已觉时时发冷，晚阅电视，发冷加剧，继续十分钟即止，未见发烧。十时许服药二枚如例，十一时许入睡。

十月十二日，阴，有小雨，二六三级北转南风，十七度，十二度。

今晨二时醒来，加服一枚，五时又醒，不久再睡，七时起身，做清洁工作一如往例。上午處理雜事，此时發冷又發燒，量体温，則為卅七度五。閱报，参资，中午小睡一小时许。下午又發冷發燒，体温高至卅八度三，於是清大夫来诊视，断為流感，只体温不再增高，无须住院，夜服大夫之藥，於十时许服安眠藥，半时後入睡。

十月十三日、陰、一、二級北轉南风、十六度、廿度。十四、小雨、一、二級北轉南风、廿二度、十四度。

十二夜入睡整夜微汗、襯衫濕透。十三晨換衣。体溫為卅七度五、仍服古夫所給之藥、閱報、參資、倦欲睡、然而未能酣睡。整日進粥。十三日午臥体溫又高至卅八度

三、晚又降至卅七度五、然不

甚冷。晚阅电视至九时，仍服
安眠药如例，於十时后入睡。
十四日，六时体温卅七度，后未上
升，仍服大夫之药，阅书，偃
睡时多，仍进粥，然已起来。
晚阅电视至九时，服安眠药
如例，於十一时半入睡。
十月十五日，阴，小雨，二、三
级北转南风，十七度、廿度。
昨入睡后，於侵晨三时许
第一次醒来，自来五时尚未

再睡，乃加服以一枚，旋入睡，今晨六时许醒来，体温卅七度，此后未变，今日每时有微汗，然未有发冷感觉，停服治感冒之药，仍偃卧时多，下午补写数日之日记。中午小睡一小时，下午量体温，卅六度五。晚阅电视至十时，服药（安眠）二枚如例，但至十二时半尚无睡意，乃加服以一枚，约半小时后入睡。

十月十六日，晴，多雲，冷轉陰，有小雨，二、三級北轉南风，十七度、十四度。

今晨三时醒一次，加服门一粒，五时又醒，此后又睡至六时許。昨今兩日睡眠均不如前日，而以昨夜為尤甚。六时量体温，卅六度五，頭微暈，身酸痛。上午阅报，参消，中午小睡一小时。下午阅书。体温已正常，但精神較初病时反見不振，此或其餘波耶？

晚阅书一小时，阅电视一小时，十时许服药二枚如例，十一时许入睡。今日报载赫鲁晓夫下台，沐猴而冠，从此告一段落。

十月十七日，晴，多云，二、三级北转南风，十六度，六度。昨入睡后至一时半即醒，加服川一枚，三时又醒，再加服川一枚，六时许再醒，即不复睡。八时许接昨夜发出之人民日报号外，宣布我国第一枚原子彈爆炸成功。此與赫丑之下台，对於世界為兩次極大震動，而我之原子彈爆炸將產生尤其深遠之影响，固不待言也。上午阅报、参消。中午小睡一小时，下午阅书。晚阅電視至十时，服藥之後如例，於十一时许入睡。今日体温正常，但仍感疲劳，且时有畏冷感觉。

十月十八日，晴，二、三级北轉南风，十七度、五度。

今晨三时醒一次，加服川一枚，
五时许又醒，未刷再睡，朦胧
至七时起身。上午阅报、参资。
中午小睡一小时。下午阅书。
晚阅电视至十时，服药二枚，
於十时许入睡。

十月十九日，晴，多云，二、三
级北转南风，十六度、四度。
今晨三时醒来，加服S一枚，
六时许又醒一次，七时起身，做清
洁作等一小时后倒。上午处

理雜务事，阅报。中午小睡一小时。

下午阅参資。處理雜务事。晚

阅参資到九时半，服藥三枚

如例，十时半入睡。

十月二十日，陰，二、三级北轉

南风，十六度、四度。

今晨四时醒来，加服片一枚，

六时半又醒，七时起身，做清

洁工作一小时如例。上午處理

雜务事，阅报，参資。中午小

睡一小时。下午處理雜务事，

阅参资、阅书、晚阅電视至九时，服药三枚，十时半入睡。

十月三十日，晴，二、三级北转南风，十四度、四度，

今晨二时许即醒，加服S一枚，但一小时半又醒，此后即未能酣睡，五时醒后又未能入睡，五时半起身，做清洁工作等一小时，上午处理杂事，阅报，参资，中午半能少睡，下午处理杂事，阅参资，阅

书。晚阅电视至九时，於九时半服药二枚如例，又阅书，至十一时许加服S一枚，旋即入睡。

十月二十二日，晴，二、三级北转南风，十四度、六度。

昨入睡后约三十分时即醒，加服门一枚，一小时后又醒，再服门一枚，仍然一小时许即醒。今晨五时后即半睡半醒，五时半起身，做清洁工作一小时许如例。上午处理杂小事，阅报，参资。中午午睡一小时许，下午处理杂事，阅参资，阅书。晚阅电视至九时末服药二枚如例，于十时许入睡。

十月二十三日，上午晴，午后阴，六、三级北转南风，十五度、二度。

今晨三时许醒一次，加服以一枚，五时许又醒，又睡不酣，六时半起身，做清洁工作等一小时许。上午处理杂事，阅报参资。中午小睡一小时，下午处理杂事，阅书。晚阅电视至九时半，服药二枚如例，又阅书至十时入睡。

十月二十四日，阴，一、二级北转南风，十二度、五度。

今晨三时、五时各醒一次，加服川一枚，六时半起身，做清洁工作一小时如例。上午处理杂事，阅报，参资。中午小睡一小时。下午处理雜事，閱書，晚閱電視一小時，又閱書至十時，服藥二枚如例，至十一時加服S一枚，未十二時後入睡。

十月二十五日，上午陰，午後晴，一、二級北轉南風，十度、四度。

昨入睡後二小時即醒，加服川一枚，歇後數手一小時即醒一次，其間加服川一枚，五時後至醒再睡，六時許起身，啟清洁工作一小时多（许），上午处理杂事，阅报、参资，中午小睡一小时许。下午理发，盖自上次小病以后，此为第一次出门。今日为星期，季扇二小孩都来晚餐。晚阅电视至九时，服药二枚，又阅书至十时半入睡。

十月二十五日，晴转多云，六、三级北转南风，十五度、四度。

昨入睡后幾乎每小时醒一次，加服S一枚，M一枚，仍然如此。六时许起身，做清洁工作一小时许，上午處理雜事，閱报，参資。中午小睡半小时。下午三时赴北京医院诊视，一位女大夫初次爲我诊视，询知我睡眠不佳情况，说不出所以然，僅給水藥（安眠）一瓶，讓且试之。四时许返家。處理雜事。晚閱书至八时半，仍服Ⓜ N一

枚，九时半入睡，十二时许醒来，
又服S一枚，约二时又醒，又服
M一枚。约半小时后又入睡。

十月二十七日，多云，二、三级
北转南风，十六度、七度。

今晨仍然五时醒来即不能
熟睡，六时许起身，做清洁工
作一小时许。上午处理杂事，
阅报，参资。中午小睡一小时。
下午处理杂事，阅书。晚去
首都剧场看广东粤村话

剧团演出珠江风雷，十时半返家，服新合之安眠藥水十西西，约於半小时后入睡。

十月二十八日，阴，晨有小雨。二、三级东风，十三度、二度。

今晨三时醒来，加服M一枚，此后五时又醒一次，六时又醒一次，六时半起身，做清洁工作一小时多，例，上午處理雜事，阅报、参資。中午小睡一小时许。下午處理雜事，阅书。晚阅电视至九时半，服水药安眠）十C.C.，至十时半仍无睡意，乃加服M一枚，十余分钟后入睡。

十月二十九日，晨雾重，多云，二、三级北转南风，十五度、三度。

今晨三时许醒来，加服M一枚，五时许又醒，又服M一枚，约半小时后始入睡，六时半又醒，即起身，做清洁工作一小时如例。上午处理杂事，阅

救，参资。中午小睡一小时。下
午處理雜事，阅书。晚
阅電视至十时，服水藥如昨，
又加服门一枚，至十二时许入
睡。

十月廿日，阴，午后有小雨，至
晚未止。一、二级北转南风，十三
度、六度。

昨入睡后，至今晨二时许醒
来，加服门一枚，又睡二小时许
又醒，又加服门一枚，则不能再

熟睡矣，膀胱至五时许起身，做读书工作一小时如例。上午處理雜事，閱報，参资。中午小睡一时许。三时赴机场欢迎阿富汗國王与王后。五时许返抵家。晚六时参加刘主席為歡迎阿富汗國王王后举行之宴會。十时半返抵家，服药二枚如例，十一时半入睡。

十月卅日，晴，一、二级

转五级西北风，十二度，0度。

今晨三时醒来，加服1/2一粒，五时又醒，又加服1/2一粒，但只能半睡，六时半起身，做清洁工作一小时许，九时出席国务会全体会议，十二时返家，阅报、参资，中午小睡一小时许，下午阅参资，晚八时陪阿富汗贵宾看京剧。十时半返家，服水药十cc，1/2一粒，旋于十二时半入睡。

一九七四年

十二月一日，晴，最低北轉南风，十二度、〇下六度。

今晨仍然三时、五时各醒一次，五时后还未能酣睡，七时许起身，做清洁工作一小时多例，上午九时半出席國務院全体會议，十一时半散会，即赴机場欢迎凱塔總统，不料飛機迟到卅五分鍾，返家已为下午二时。飯後偃卧，但未能成眠，阅报，参资。

晚七时赴天桥剧场观古巴芭蕾舞团演出。十时半返抵家，服药N、S各一枚，M一枚，於十时半入睡。

十二月二日，晴，午後阴，六夜北转南风，十三度、三度、今晨三时、五时各醒一次，加服M一枚，仍不能再睡，朦胧至七时起身，做清洁之作一小时，上午处理杂事，阅报，参资。中午小睡一小

时。昨在飞机场伤风，今日
咳甚，下午三时到北京医院
诊视，四时许返家。晚间书至
九时，服药（安眠）二枚如例，
於十时半入睡。
十二月三日，阴，一、二级北转
南风，八度、二度。
昨入睡后不久（约二点时）即醒，
发烧，（卅八度四），此后即不能安
睡，约一点时即醒一次，后服AP
C0.5者一片，得汗。晨七时

体温為卅七度四，咳嗽稍可，今日只進流汁，仍服藥（王医生所给），又因无大便，服表飛鳴六片（分兩次），上午昏昏欲睡，阅报，中午睡一小时许，下午体温仍已正常，阅参资，晚阅電视至九时，服N一枚，约十时即入睡。

十一月四日，晴，二、三级北轉南风，十三度、三度、

今晨三时许醒，（计已睡五

小时，加服川一枚，又睡至五时许，此后即未睡未醒，七时许起身。今日停止服藥，且看有何变化。上午洗澡，阅报，参资。中午小睡一小时许。下午阅书。今日温度正常，但午后有片刻觉着冷发烧。午后咳嗽转剧，入晚更甚，乃再服B、川以水剂。晚阅电视至九时，服川一枚、川一枚，十时许入睡。

十二月五日，晴，一、二级转

三、四级偏北风，十三度、零下六度。

今晨三时许醒来，虽已连睡七、八时矣，加服门一枚，七时又醒，此后不复能熟睡，八时许起身，做清洁工作等一小时，如例。上午处理杂事，阅报，参资。中午小睡一小时，下午处理杂事。阅书。晚阅电视至九时，服水药（安眠）十CC，又加服门一枚，至十时许入睡。

十二月六日，晴，二、三級北轉南風，十三度、〇度。

今晨一時許即醒，加服M一粒，半小時後仍无睡意，乃又加服S一粒，旋即入睡。四時又醒一次，六時再醒，半小時後起身，做清潔工作一小時許如例。上午處理雜事，閱報，參資。中午小睡一小時許。下午處理雜事，閱書。仍有咳嗽，仍服B、MIX擬服完為止。晚閱電視至十时，服水藥（安眠）十eC、川一枚，十二时許入睡。

十二月七日，晴，六、三级北轉南风，十五度、二度。

今晨三时醒來，加服川一枚，五时又醒一次，以后未能熟睡。六时半起身，做清洁工作等一小时如例。上午處理雜事，阅报，参資。中午小睡一小时，下午處理雜事。五时半赴苏聯大使館為某國庆举行之

招待會、七时返家、此时季及二孩已欲同去・阅電视至九时许、服MN各一枚、阅书至十一时尚无睡意、乃加服S一枚、不久即入睡・

十二月、旨、晴、六、夜北轉南风、十三度、六度・

今晨一时许即醒、咳甚、服B、MIX 十CC、此后即不能酣睡、时时惊醒、缘咳嗽甚剧也・不知何以今日突然如此・大约睡一少時即醒，醒後咳嗽十餘分鐘或更久，倦極朦朧睡去，旋又咳醒，如此直至五時，五時半起身，仍做清潔工作等小時。六時咳，但較前稍好些，今日為星期，上午閱報，參資，處理雜事，中午小睡一小時。仍服B、M以水藥。咳嗽迥非此等藥物所可奏效，蓋底子為慢性氣管支炎，又加感冒未全愈也。今夜仍咳甚，

明日当找医生，咳嗽困难受，
实因此数宵不能安睡，则尤为
难受也。晨及二孩来晚餐，闻
雷视西医时，仍服水药（安眠）
十CC，又丸一枚，至十一时许入睡。
十一月九日，晴，二、三级北转
南风，十二度，〇度，
昨入睡后约两小时即醒，可
见此安眠水药之持续力不过
如此，盖已因安眠药试不爽矣，加服之
一枚，四时半又醒，加服丸一枚，

然而咳嗽血又发作，（昨白天咳稍可，晚上亦不甚剧），以此影响睡眠，大约半小时后方朦胧一小时许，五时半起身，做清洁一小时许，上午處理雜事，阅报，参资，中午小睡一小时，下午處理雜事，阅书，五时半赴柬普寨國庆招待會，七时许返家，阅书至九时，服水藥（安眠）十CC，又门一枚，於十时半入睡。

十二月十日，晴，一、二级转三、四级北风，西度、0下一度。

今晨0度许即醒，觉得被子厚了，大咳数分钟，加服s一枚，旋即入睡，一小时后又醒，又咳，加服门一枚，五时许再醒，又咳，但后来又睡了半小时许。六时半起身，做清洁工作一小时，如厕。起身后咳止。八时半赴北京医院诊视，拟去上次检血，发现白血球太多，故今日再验。

九时半返家，阅报，参资。中午
小睡一小时许。睡后起身，但又
大咳一阵，喉部时时发痒。下
午处理杂事，阅书。晚阅电
视至九时半，服水药（安眠）十
cc、又门一枚，于十时半入睡。

十二月十二日，晴，二、三级乃
至四级北转南风，十二度、0度。

昨入睡后约二小时即醒，大咳，
乃服可的因一小片，又服S一枚，
但小时许又醒，未咳，加服门一

枚，五时许又醒，旋又睡至六时许，六时半起身，做清洁作等一小时。上午處理雜事，阅报、参资。中午小睡一小时。下午理髮，阅书。晚阅電視至九时，服藥（求藥）照例，（加服N一枚）於十时半入睡。今晚咳較可。

十二月十三日，晴，一、二级乃至四级北风，十三度、〇下二度。

昨入睡后二小时许即醒，加服N一枚，旋又入睡，今晨三时许又醒，再加服Ⅱ一粒，五时许再醒，旋又睡至7时半起身，做清洁工作等一小时如例，上午處理雜事，阅报，参资，中午小睡一小时，下午理髮，雜事，七时赴人大會堂，出席阿富汗國王之告别宴會，十时许返家，服藥（又加服5一粒）二粒如例，於十一时许入睡。

十一月十三日，晴，二、三级间偏北风，十一度，〇度。

昨睡不安枕，夜一小时即醒一次，有时咳，然不甚剧，将晨七时起身，仍做清洁工作第一步时。因验血结果白血球太多，医嘱今日往透视。於是於八时半往北京医院，透视拟诊肺部清朗。但医谓咳嗽既久，仍不免疑，宜拔火罐三次，并每日吸入链霉素一次，共六次。十时许返家。阅报、参资。中午小睡一小时。下午处理杂事。晚阅电视至九时，服药如例，十时半入睡。

十月十四日，晴，二、三级间四

级北风，十度，〇下三度，
昨入睡后约三小时醒来，加服
M一枚，今晨五时许又醒，又服
M一枚，六时半再醒，即起身，
做唐诗作一小时，八时许赴
北京医院吸入，九时许返抵家，
处理杂事，阅报，参资，
中午小睡一小时，下午处理杂
事，阅书，晚阅电视，九时
半，服药二枚，十时许入睡，

十二月十五日，晴，二、三级间
四级北风，十二度，〇下一度，

昨入睡後兩小時即醒，咳甚，三時再睡，加服川一枚，約半小時始又入睡。今晨五時許又醒，又服川一枚，六時半再醒，即起身，做清潔工作一小時許。八時半赴北京醫院吸入及拔火罐。九時許返家。上午閱報，參資。今日為星期。中午小睡一小時。下午閱書。舜與二小孩來晚飯。晚閱電視至十時，服藥二枚如例，於十一時入睡。

十二月十二日，晴，二、三级北转南风，十二度、〇度。

昨入睡后一小时许即醒，稍咳，加服M一枚，又睡一小时又醒了，大咳，且无睡意，乃加服S一枚，旋又入睡，后晨五时又醒，又服M一枚，此后未能熟睡，只半睡至六时半起身，做清洁工作半小时余，倒。七时赴北京医院吸入，八时半返家。上午处理杂事，阅报，参资。中午小睡一小时。下午处理杂事事。閱书。今日白天每时咳嗽。
十时上邮局。晚间阅书至九时，
服药三枚如例，（又加服5枚）於十时半入
睡。

十一月十五日，晴，一、二级北
转南风，十二度、二度。

今晨三时，五时各醒一次，每次
均加服门一枚，但五时醒後更
大咳不止，因此只朦胧片刻即
到七时，势不得不起身矣。做
清洁作事一小时如例。

时赴北京医院吸入孟拔大罐，又诊视，九时半始返家，處理雜事，閱报，参摘，中午小睡一小时许，下午處理雜事，閱书，晚閱電视至十时，服S一枚，於十一时入睡。

十一月十六日，晴，二、三级北轉南风，十三度、二度。

今晨三时醒来，加服N一枚。五时又醒，仍加服N一枚，但又睡一小时许。七时三刻起身，做清洁工作等一小时。八时赴北京医院，吸入氧做理疗，（候者因安排时间，等候多时），九时三刻始毕。旋即赴政协常务会议，（通过第四届全国委员会委员名单），十二时许返家。午饭后阅报，参资。处理杂事，晚阅电视至九时许，服药二枚，于十时半入睡。

十二月十九日，晴，二、三级

北轉南風，十二度，〇度，
今晨〇时许即醒，有不能
立即再睡之势，加服S一粒，以
半小时后又睡，三时许又醒，
加服Ⅱ一粒，五时又醒，此后未
得熟睡，六时半起身，做清
洁作业一小时如例，八时赴
北京医院看牙，电疗，吸入，
九时许返家，处理杂事，
阅报，参资。中午小睡一小
时，下午处理杂事，阅

药。晚阅电视至九时，服草
如例，十时半入睡。
十二月二十日，晴，晨大雾，
一、二级间四级北风，十二度、二度。
今晨零时即醒，加服M一枚，
后又睡至三时，加服M一枚，睡
至五时，此时未能熟睡。七时
半起身，做清洁工作等一小时
如例。八时赴北京医院治疗，
九时许返家。连日咳嗽已大减，
喉部仍然时时发痒，但晚上

已不咳嗽。上午處理雜事，閱報，參資。中午小睡一小時。下午閱書，處理雜事。晚閱電視至九時，服藥如例，後加服S二枚，於十時半入睡。

十二月二十二日，晴，二、三級轉四、五級北風，十二度，〇至一度。

今晨三時、五時各醒一次，加服M二枚，七時卅分起身，做清潔工作一小時如例。八時赴北京醫院治療，九時許返家。上午處理雜事，閱報，參資。中午少睡一小时，下午处理杂事，阅书，晚阅电视至十时，服药二枚如例，于十时许入睡。

十二月二十二日，晴，二、三级北转南风，十三度、○度。

今晨三时、五时各醒一次，各服川一枚，六时半起身，做清洁工作半小时，上午阅报，参谊，中午少睡一小时，下午阅书，处理杂事，今日为星期，寻及二孩均来晚餐，晚阅电视至九时，服药二枚，十时半入睡。

十月二十三日，晴，一、二级转西北风，十二度，0下一度。

昨入睡后约二小时即醒，加服S一枚，今晨四时许又醒，加服M一枚，五时半醒，即起身。做清洁工作一小时始倒。八时赴北京医院治疗，九时许返家。处理杂事，阅报，参资。中午少睡一小时。下午处理杂公事，五时半赴阿尔巴尼亚大使館之晚會，為庆祝中阿建交十五周年也，九时许返家，服藥二枚如例，加服S一枚，於十二时许入睡。

十一月二十四日，阴，二、三级北转南风，十七度、二度，

昨入睡后一小时许即醒，加服川一枚，今晨三时又醒，再服川一枚，但只睡了一小时半，又醒了，此后即未能熟睡，七时一刻起身，

做清洁工作等一小时如例，七时半赴北京医院治疗，八时三刻返抵家。上午處理雜事，阅报参资。中午小睡一小时。下午理髮，阅书，處理雜事。晚阅電视至十时，服藥二枚，於十时半入睡。

十一月二十五日，晴，一～二级南风，九度，〇下二度。

凌晨四时许第一次醒来，加服药一枚，五时许又醒，五时半

起身，做清洁工作等一小时。八时
赴北京医院覆查（因電療、光
療都已做了六次，吸入又已做了
六次，咳嗽已止）。九时半返家。處
理雜事，閲书、报、参考。中
午小睡一小时。下午處理雜函
事。晚閲電視至九时，服藥
卧倒，十一时入睡。
十一月二十二日，陰，二、三级北
轉南风，十三度、一度。
今晨三时、五时各醒一次，加

服M一枚。六时半起身，做清洁工作一小时。上午处理杂事，阅报、参资。中午小睡十来分钟即未能再睡，偃卧至一时半起身。三时赴民族文化宫，全国少数民族业余文艺会演闭幕式于三时半举行。我致闭幕词。陆定一代表中共中央及国务院讲话，少数民族代表团方面由大会讲话的，有蒙古、新疆、广西、西藏、宁夏五省区。五时半结束。晚阅电视至九时，（转播蒙古代表团表演节目），服药二枚，约半小时后入睡。

十二月二十七日，阴，一、二级乃至四级北间南风，十二度、二度。

今晨零时半即醒，加服川一枚，四时又醒，又加服川一枚，五时醒后不能再睡，七时半起身做清洁工作，费一小时。上午处理杂事，阅报，参资。中午小睡一小时。下午处理杂事，阅书。晚阅电视至十时，（转播西藏代表团演出节目），服药二枚如例，加服N一枚，十二时许入睡。

十二月二十八日，晴，午后阴。一、二级转四、五级偏东风，以度、零度。

今晨二时、五时各醒一次，各加服N一枚，六时三刻醒时，形犹晕眩。做清洁操一小时，如例，阅报，参资。十时半出席人大常委与政协常委联席會议。十二时返家。中午小睡半小时。下午處理雜事。六时赴北京飯

店参加阿尔巴尼亚国国庆二十週年之招待會、七时半返家、阅電视至十时、服药五例、於十时许入睡、

十一月二十九日、晴、多雲、一二级转三、四级偏北风、八度、〇下三度、

今晨一时、四时各醒一次、均各加服川一粒、六时醒时又服一粒、七时再醒、略微暈、然不碍、不起身矣。做清洁工作、青一

七时如例，十时赴天安门参加首都各界支持刚果(利)人民反对美比武装侵略斗争之群众大会，(五十万人)，天安门广场上红旗如火。十二时五十分大会结束。中午小睡一小时。下午阅报，参资。晚阅电视至十时，服药如例，於十一时入睡。

十一月三十日，晴转阴，二、三级北转南风，八度。O下三度。

今晨三时醒来，加服川二枚，

五时许又醒，五时半起身，做清洁工作等一小时，上午处理杂公事，阅参资，中午小睡一小时，下午阅报，阅书，晚七时在民族文化宫看甘肃、吉林代表团演出，十时许返家，服药如例，於十一时许入睡。

一九八四年十二月一日，晴，二、三級北轉南風，四度、○下五度。

今晨零时即醒，此後幾乎每隔一小时即醒一次，直至七时。共起来小便三次，加服川三枚。七时起身，做清洁工作一小时。上午處理雜事，閱書，參證。中午小睡一小时，下午閱报，處理雜事。晚閱電視至九时，服藥如例，於十时半入睡。

十二月二日，晴，三、四級偏北

风，二度，○下七度。

昨夜先服N一枚，11二十分锺又服S一枚，入睡。今晨三时许醒来，又加服M一枚，五时又醒，乃服M一枚，六时半又醒，即起身，做清洁工作一小时后倒，上午处理杂事，阅书，参资，中午小睡一小时。下午处理杂事，阅书。晚阅电视五小时，服药后（晚又加S一枚）倒於十时许入睡。

十二月三日，晴，六、三级转四

級北風，五度，〇下五度。

今晨三時許醒來，加服Ⅱ一枚，五時又醒，又服Ⅱ一枚，六時半又醒，即起身，做清潔工作等一小時。上午處理雜事，閱報，早餐。中午小睡一小時。下午閱書，處理雜事。晚閱電視，至十時半，服藥如例，N.S各一枚，於十一時半入睡。

十二月四日，晴，二、三級偏北風，十度，〇下二度。

昨夜照服S.N各一枚，但睡

于二小时即醒，小便后，加服M二枚，约半小时始又成眠。今晨六时醒后，（此前，醒过一次），即于六时再睡，六时半起身，做清洁工作等一小时如例。上午处理杂事，阅报，参资，中午小睡一小时，下午处理杂事，阅书。晚阅电视至十时，服药如例，于十一时许入睡。

十二月五日，晴，六至四，五级

西北风，五度，○下三度，
今晨三时醒一次，加服M一
枚，五时又醒，后又朦朧至六时，
六时半起身，做清洁工作等
一小时。上午處理雜下事，阅
报，参资。中午小睡一小时。下
午處理雜下事，阅书。晚阅
電視至十时，服藥如例，於
十一时入睡。
十二月六日，晴，三、四级北风，
四度，○下七度，

今晨三、五时各醒一次，各服川一枚，六时半又醒，即起身，做清洁工作一小时。上午阅报，参资，中午小睡一小时，下午理发，六时半赴荷蘭大使之宴會，九时许返家。今日爲星期，小鋼等来家晚飡，十时服药如例，十一时入睡。

十二月廿一日，晴，二、三级北转南风，四度、〇下八度。

今晨三时醒一次，加服川二

枚，五时许又醒，旋又入睡，七时又醒，即起身，做清洁工作等一小时。八时赴北京医院看病（舌红疼，苔剥，已将两周），九时半赴国务院主席全体会议，十一时返家，中午小睡一小时。下午处理杂事，阅报，参资。晚阅电视至十时，服药二枚如例，加服S一枚，十一时许入睡。

十二月八日，阴，二、三级偏北转东南风，二度，〇下四度。

今晨三时、五时各醒一次，加服川一枚，六时半又醒，即起身，做清洁工作。七时出例。上午处理杂事，阅报，参资。中午午睡半小时。下午处理杂事，阅书。晚阅电视至十时，服药后倒，非十时入睡（不加服S一枚，求证晨一时入睡）入睡。

十二月九日，晴，多云，一、二级转三、四级偏北风，0度、0下七度。

昨服药后未倒即睡，至十二

时仍加服S一枚，看完了燕子笺下册。於序是一时许入睡。五时许醒来，加服门一枚，半小时后入睡，七时再醒，即起身，做清洁工作。一小时如例。上午处理杂事，阅报，参资。中午小睡一小时。下午处理杂事，阅书。晚阅电视至九时，服药如例。於十一时半入睡。

十二月十日，晴，二、三级转四级偏北风，○度、○下七度。

今晨三时、五时各醒一次，加服N一枚，六时半再醒，即起身，做体操工作一小时。上午处理杂事，阅报，参资，中午小睡一小时。下午处理杂事，阅书。晚阅电视至十时服药如例，加N一枚，又阅书至十时半入睡。

十二月十三日，晴，二、三级至四级偏北风，0下二度、0下十三度。

今晨三时、五时各醒一次，各加服N一枚，六时许又醒，即起身，做清洁工作一小时如例。上午处理杂事，阅报，参资，中午小睡一小时，下午处理杂事，阅书，晚六时半赴肖尼西十八度之宴会（西肖七度饯），九时许返家，服药二枚，又阅书至十时半加服S一枚，於十一时许入睡。

十二月十二日，晴，二、三级北转南风，0度、0下八度。

今晨三时、五时各醒一次，

加服Ⅲ一枚，六时许又醒，稍微晕，即起身，做清洁工作等一小时。上午處理雜事，阅报，十时半，周村来谈，至十一时去，中午小睡半小时，下午阅参资，處理雜事，阅书，五时赴肯大使為肯國庆举行之招待會（在北京飯店），七时半返家，阅電視至十时，服藥如例，又阅书至十二时，入睡。计服S及N各一枚。

十二月十三日，晴，一、二级转三、四级偏北风，四度，○下七度。

今晨三时、五时各醒一次，加服片一枚，七时许又醒，即起身，做清洁工作一小时后倒。

上午阅书、报，参说，中午小睡一小时，下午阅书。今日为星期，小钢等来晚餐，晚七时看阿联丽达舞蹈团首次演出，十时半返家，服药后倒，於十一时半入睡。

十二月十四日，晴，二、三级北转南，四度、〇下七度。

今晨三时、五时各醒一次，加服门一次，六时许又醒，六时半起身。做清洁工作一小时如例。上午处理杂七事，阅报、参资。阅书。中午小睡一小时。下午处理杂七事，阅书。晚阅书至九时半，服药（A.S.各一）二枚，又阅书至十一时入睡。

十二月十五日，晴，二、三级北

轉南風，五度，〇下六度。

今晨四时许醒来，加服M一枚，六时半又醒，即起身，做清潔工作一小时如例。上午處理雜事，閱书，閱报，参資。中午小睡一小时。下午處理雜公事，閱书。晚赴二七劇場，看少数民族業餘文演，十时许返家，服藥二枚，A、S各一，於十一时入睡。

十二月十二日，晴，一、二级轉

四級偏北風，廿度，0下八度。

今晨三时、五时各醒一次，加服川一枚，六时半又醒，即起身，八时赴北京医院診視，請中医配丸藥（調整腸胃）。旋又至人大及政協報到，（皆在民族文化宮），九时半返抵家，處理雜事，閱報，參資。中午小睡一小时。下午讀政府工作報告草案，明日上午九时半。

国务将开会讨论通过）。晚读读报告。又阅电阅视一小时，休息脑筋。后又读报告及另外数个文件，服药三枚，（N、A各一枚）。五过晨时入睡。

十二月十七日，晴，二、三级北转南风，三度、0下八度。

昨日下午突然咳嗽，临睡时服可的因一片，咳止。今晨三时、五时各醒一次，加服N一片，六时许又醒，七时半起身，做清洁工作等一小时如例。处理杂务事。九时半到国务院出席全体会议，十二时返家。中午小睡半小时，下午阅报、参资，处理杂务事，六时半赴人大安徽厅欢宴西班牙作家常设局代表团，九时半返家。十时服药二粒，（N、A各一粒），于十二时许入睡。

十二月十八日，晴，二、三级北

东南风，三十度，○下九度，今晨五时醒来，后未再睡，六时许起身，做清洁作一小时又刻，阅报，处理杂事，九时半，赴人大出席最高国务会议，十二时返家，中午小睡半小时，阅参资，下午三时接见新任缅大使，四时许辞去，阅书，处理杂事，晚阅电视至十时，服药一刻，於十一时许入睡。(计服N.S.各一枚)。

十二月十九日，晴，四、五级转二、三级偏北风，三度、〇下八度。

今晨三时、五时各醒一次，加服N一枚，七时半又醒，即起身，做清洁工作等一小时。处理杂事。九时半出席政协常务会议，十二时返家。中午小睡一小时，下午处理杂事，阅报，参谊。四时出席人大山东组全组会议，六时到北京饭店出席越南南方民族解放阵线成立四週年之招待会，（驻华代表團團長為陈文成），七时返家。阅电视至九时，服药如例，於十时许入睡。N.S.各一枚，

十二月二十日，晴，二、三級北轉南风，五度，〇下七度。

今晨三时、五时各醒一次，加服N一枚，六时半又醒，即起

身，做清洁工作等一小时，九时
赴人大出席预备會，十一时赴
政協出席開幕式，十二时半
返抵家，中午小睡一小时，下
午阅报，参資，晚阅電视至
十时，服藥如例，A、N各一枚，
於十一时半入睡。

十二月三十日，晴，二、三级北
轉南风，七度，〇下六度，
今晨三时，五时各醒一次，加
服N一枚，六时半又醒，即起

身做清洁工作一小时。上午处理杂事，阅报，参资，中午小睡一小时，下午处理杂事，三时半出席人大大会。七时返家。晚阅书至十时，服药二枚，十一时半入睡。A、N各一枚。

十二月二十六日，二、三级北转南风，晴，七度，0下六度。

今晨四时许醒来，即咳嗽不止，不得已，服可的因一粒，又服川一枚，半小时后入睡，但不酣。六时半又醒，即起身，做清洁

工作至一小时，上午处理杂事，
阅报，参资。中午小睡一小时。
下午三时半赴人大出席大会，
（周总理报告至今日毕）七时许
返家。阅电视至十时，服药
如例，于十一时半入睡。
十二月二十三日，晴，二、三级北
转南风，四度、0下六度。
今晨三时、五时各醒一次，加服
M一枚，六时又醒，不能再睡，六
时半起身，做清洁工作至一

中时如例。九时出席人大小组会议、十二时返家。中午小睡一小时、（阅报、参资。）下午三时出席政协小组会议。六时返家。晚阅电视至十时、服药二枚、於十二时半入睡。

十二月二十四日、晴、多云、二度北转南风、四度、〇下六度。今晨三时、五时各醒一次、加服川一枚、六时许又醒、六时半起身、做清洁工作等一小时。上午九时出席人大小组会议、十二时返家。中午小睡一小时，阅报，参资。下午三时出席政协小组会议。六时许返家。晚阅電视至十时，服药二枚，於十一时许入睡。

十二月二十五日，晴，六、三级北转南风，五度，〇下五度。

今晨三时、五时各醒一次，加服N一枚，六时半又醒即起身，做清洁工作一小时

许，九时出席山东组小组会，
十时出席政协常委主席团
扩大会议，中午阅报、参资，
下午三时赴北京医院诊病，
四时许返家，处理杂事，
晚五时半出席欢迎亚非作家
常设局亚非作家访问团
之宴会，十时许返家，服药
二枚，（A.N.2），十二时半
始得入睡。

十二月二十六日，晴，六、三级

北转南风，五度，零下五度。
今晨三时、五时各醒一次，
加服M一枚，五时半又醒，即
起身，做清洁工作一小时。
上午九时出席人大会议，十二
时返家。中午阅报，参消。
下午三时出席人大会议。
五时半返家。晚阅电视至
十时，服药二枚，又阅书至
十二时许入睡。

十二月二十七日，晴，多云，

六三级北转南风，四度。○
下午度。
今晨三时、五时各醒一次，
加服门二枚，六时半又醒，即
起身，做清洁工作一小时
照例。今日为星期，先会
议。上午阅报，养神。中午
小睡半小时。下午二时半赴
人大宴会厅，政协全体委
员照相。三时半返家。阅
书。五时半赴东总布胡同

作協會見東作家代表團（共三人），五時許在前門全聚德宴請東作協代表團，九時返家。十時半後服藥二枚，（A.N.各一），又閱書至翌晨兩時入睡。

十二月廿六日，陰，一、二級北轉南風，三度，〇下四度。

今晨四時許醒來，加服M二枚，七時許又醒，即起刮、洗畢、做徒手操一七時即例。今日上午為小組會，下午大會，因病均未出席。上午處理雜碎事，閱報，参資。中午小睡一小時許。下午閱書。晚閱書至十時，服藥三枚如例，於十時許入睡。

十二月廿九日，晴，多雲，三、四級偏北風，七度，〇下八度。今晨四時許醒來，加服川一枚，六時半又醒，即起身，做清洁工作一小时如例。上午赴人大開會，中午小睡一小时，下午阅报，参资，晚阅電视一小时，又阅大會发言至十时，服药二枚，於十一时半入睡。下午三时至四时半出席少数民族業餘文藝會演闭幕式。

十二月廿日，晴，二、三级北转南风，四度，○下九度。今晨三时、五时各醒一次，加服门一枚，五时半起身，做清洁工作一小时。上午出席人大會、中午閱报、參資、下午三时出席最高國务會议、八时许返家。閱大會發言五十一时许、服藥二枚、於十二时半入睡。

十二月廿二日、晴、二、三级北轉南风、三度、〇下八度。今晨四时许醒來、加服川一枚、六时半又醒、即起身、做清洁工作一小时许。九时赴政協開會，十二時許返家。中午閱報，參資。下午在家閱大會發言。晚閱電視一小時，又閱書至十二時服藥二枚，於十二時半入睡。

『茅盾珍档手迹』系列丛书编辑委员会

图书在版编目（CIP）数据

茅盾珍档手迹．日记．1964年 / 茅盾著；桐乡市档案局（馆）编．—杭州：浙江大学出版社，2011.6

ISBN 978-7-308-08734-6

Ⅰ．①茅… Ⅱ．①茅… ②桐… Ⅲ．①日记—作品集—中国—现代 Ⅳ．①I216.2

中国版本图书馆CIP数据核字（2011）第100316号